이브들의 아찔한 수다

이브들의 아찔한 수다

1판 1쇄 2012년 6월 8일 **1판 4쇄** 2012년 8월 28일
지은이 구경미 외 **펴낸이** 임홍빈 **펴낸곳** (주)문학사상
주소 서울특별시 송파구 오금동 91번지(138-858) **등록** 1973년 3월 21일 제1-137호
편집부 02-3401-8543~4 **영업부** 02-3401-8540~2 **팩시밀리** 02-3401-8741
홈페이지 www.munsa.co.kr **이메일** munsa@munsa.co.kr
지로계좌 3006111

ISBN 978-89-7012-875-7 03810

이브들의 아찔한 수다

여성작가들의 아주 은밀한 섹스 판타지

구경미 · 김이설 · 김이은 · 은미희 · 이평재 · 한유주 지음

문학사상

책머리에

여성 작가 여섯이 펼치는 섹스 판타지를 함께 묶어 《이브들의 아찔한 수다》라는 테마 소설집을 내놓는다. 이 책은 지난가을에 내놓은 남성 작가들의 이야기 《남의 속도 모르면서》의 후속편에 해당한다. 바타유는 에로티시즘을 죽음까지 파고드는 삶이라고 했다. 이 말을 조금 바꾸어보면 섹스야말로 죽음까지 이어지는 삶에 해당한다. 섹스가 생의 연속성에 함께한다는 뜻을 강조하는 말이다.

이평재의 〈크로이처 소나타〉는 섹스의 판타지를 음악의 선율과 소리의 감각을 통해 펼쳐낸다. 그러므로 이 소설은 육체보다도 감성의 에로티시즘이 더욱 현란하다. 김이설의 붓끝은 파괴적이다. 〈세트 플레이〉의 이야기는 육체도 정신도 섹스라는 행위 속에서 소진된다. 한유주의 〈제목 따위는 생각나지 않아〉에서는 덧없이 소멸하는 개체로 떠밀리고 있는 주체에 대한 환상이 인상적이다. 서사를 해체하면서 얻어내고 있는 이러한 느낌과는 달리, 김이은의 〈어쩔까나〉는 단단한 결구結構의 사랑 이야기를 보여준다. 사랑이라는 것이 언제나 육체의 에로티시즘을 넘어서는 자리에서 되풀이된다는 점을 다시 일깨워주고 있다. 구경미의 〈팔월의 눈〉에는 존재의 고립감이 서사를 압도하지만, 환멸의 삶에도 섹스가 스며든다. 은미희의 〈통증〉은 극단적이다. 육체의 에로티시즘을 그림 그리기로 환치시켜 놓음으로써 섹스가 드러내는 파괴적 속성을 환유처럼 제시한다.

섹스는 육체의 욕망에서 비롯된다. 이 욕망은 파괴적이지만 존재의 가장 내밀한 구석까지도 건드리는 심정적 여운을 남긴다. 그러므로 그것은 육체를 뒤흔들어놓는 충동을 다시 불러일으키며 열정의 불꽃으로 살아난다. 섹스는 일상의 생활 속에서 이루어지는 것이지만 단순히 반복되거나 소비되는 것이 아니다. 그것은 음탕한 욕정만을 위해서 육체를 파괴하는 것이 아니라 새로운 삶을 창조하는 힘을 육체로부터 발산하게 한다. 이 시대의 삶의 표층에는 섹스가 난무하고 모든 담론의 은밀한 구석에도 섹스가 흉물스럽게 도사리고 있다. 이 혼돈과 어둠의 골짜기에서 섹스의 판타지를 건강하게 끌어내는 일이야말로 이 책에 동참한 작가들과 독자 여러분의 몫이다.

권영민(문학평론가, 문학사상 주간)

세트 플레이

김이설

1975년 충남 예산에서 태어나,

2006년 《서울신문》 신춘문예에 단편 〈열세 살〉이 당선되어 등단했다.

소설집 《아무도 말하지 않는 것들》, 경장편 《나쁜 피》《환영》이 있다.

아줌마가 눈물을 뚝뚝 떨어뜨렸다. 누가 죽인대? 처울긴 왜 처울고 지랄이야. 나는 힘껏 걷어찼다. 질질 짜는 건 질색이다. 알몸으로 무릎을 꿇은 아줌마가 뒤로 벌렁 넘어졌다. 젖었던 털이 말라 아래가 희끄무레했다. 벌떡 일어나 앉은 아줌마가 입술을 깨물었다. 옆에서 기준이 거들었다. 그러니까 왜 이러셨어요. 기준이 폰 화면을 아줌마 눈앞으로 들이밀었다. 아줌마 구멍에 내 걸 꽂고, 둘이 같이 카메라 렌즈를 쳐다본 사진이었다.

"아줌마, 애 고딩인 거 알고 있었죠?"

나는 창문을 열었다. 모텔로 들어서는 남녀의 정수리가 보였다. 퉤! 창밖으로 침을 뱉었다. 아줌마가 폰뱅킹으로 입금하는 걸 지켜본 뒤에 모텔을 나섰다.

자동지급기 앞에서 돈을 찾은 기준이 내게 삼십만 원을 내밀었다. 나머지 오십만 원은 기준이 가졌다. 재미 본 값은 빼는 거다? 얼결에 그러자 했던 내가 병신이다. 하다 보니 몸은 축나고, 폼도 안 났다. 기준이 앞에서 내 걸 덜렁거릴 때마다 쪽팔렸다. 쪽이야 그렇다 쳐도 위험부담은 내가 더 크지 않나. 아무리 생각해도 억울했다. 기회를 봐서 반띵하자 해야지.

"아, 졸라 배고파."

"하긴 단백질을 쏟아냈으니 또 채워줘야지?"

기준이 고깃집으로 앞서 들어갔다. 떡치기한 날은 고기를 먹었다. 연기가 자욱해 눈이 매웠다. 그래도 빈자리가 없었다. 순 고딩만 득시글했다. 불판 한 번 갈아주지 않았지만, 애들한테도 술을 팔아서 동네 양아들이 꼬였다.

어느 정도 먹자 기준이 폰을 집어들었다. 나를 쳐다보지도 않고 내내 문자질에 통화질이었다. 여자애들을 불러 놀 모양이었다. 기준이 먼저 일어나 가게를 나갔다. 졸라 처먹더니 돈도 안 냈다. 새카맣게 타버린 고기를 끝까지 다 주워 먹고, 마지막 소주 한 방울까지 다 마신 다음에야 나도 일어섰다. 어디로 갈까.

유선이 떠올랐지만 이 시간에 나오라 할 수는 없었다. 집으로 가기도 싫었다. 돈은 있는데, 갈 데가 없다. 요란뻑적지근하던 거리를 벗어나니 금세 어둑해졌다. 세 정거장만 걸으면 동네였다. 다니던 동네 피시방이 편했다.

피시방 건물의 꼬치집에서 나오는 엄마가 보였다. 새벽 두 시인 모양이었다. 곧이어 가게 문이 열리더니 사내가 뛰쳐나왔다. 그러더니 엄마의 옷자락을 부여잡는 것이다. 사장새끼였다. 실랑이 끝에 엄마가 가게로 끌려들어갔다. 퍽, 간판 불이 꺼졌다. 나는 가게를 향해 뛰었다. 냅다 가게 문을 발로 찼다. 문은 잠겨 있었다. 야, 문 열어! 문 안 열어!

기준이 불알을 콱 쥐었다. 아야! 이 씨발놈아! 기준은 꼭 이렇게 나를 깨웠다.

"씨방아, 여기가 니네 집 안방이냐?"

언제부터 잤는지 몰랐다. 낮인지 밤인지 구분이 안 됐다. 기준이 내 뒷자리에 앉았다. 그 옆자리의 아줌마가 모니터에 얼굴을 박고 있었다. 차림새로 봐선 없어 보이진 않았다. 담배 있냐? 돗대. 가서 사와.

꼬치집 문과 간판을 깨부순 걸 물어내라고 하는 바람에 삼십만 원을 고스란히 토했다. 씨발, 지가 더 나쁜 짓을 해놓고 왜 나더러 돈 내래! 사장이 상가 모임 회장이란다. 동네에서 일하려면 어쩔 수 없댄다. 좆 까라 그래! 그깟 병신새끼 밥 먹이려고 그 짓거리를 해야겠어! 안 하면? 네가 벌어먹일 거야? 에이, 씨발! 소리쳐봤자 소용없었다.

담배를 사면 피시방에 한 시간밖에 앉아 있질 못한다. 기준이 내 의자를 발로 찼다. 담배 사오라고. 결국 사왔다. 아줌마는 일어날 기미가 없었다. 오줌도 안 마렵나. 야, 얼른 접속해. 이 대 이 한판 하자. 기준이 만든 방에 들어가서 상대를 기다리는 동안 담배를 꺼내 물었다. 아줌마의 모니터를 쳐다봤다. 연예 기사였다. 저딴 걸 보려고 피시방까지 기어오냐. 아줌마가 담배를 꺼내 물더니 슬쩍 나를 뒤돌아봤다. 피부가 더러웠다.

"야, 열한 시 밀자!"

"어? 뽑아놓은 거 얼마 없는데."

"뭐 했냐 지금까지. 하여간 도움이 안 돼요, 도움이. 일단 유닛 계속 뽑고, 지금 있는 거라도 보내, 씨방새야!"

저 새끼는 씨방을 입에 달고 살았다. 그건 나도 백 번은 할 수 있다. 씨방, 씨방, 씨방, 이 씨방새야! 내가 먼저 엘리됐다. 남은 시간도 없었다.

"때려치워라, 씨방아. 너랑 편먹고 하느니 컴퓨터랑 먹겠다. 돌대가리새끼."

알바가 부리나케 달려와 재떨이와 자판을 닦았다. 빈자리가 많은데도 지랄이었다. 나는 엉거주춤 자리에서 물러났다. 아줌마는 헤드폰을 끼고 뮤직비디오를 보고 있다. 색색의 쫄바지를 입은 남자애들이 골반을 흔들어댔다. 저것들도 고딩이었다. 그걸 보면서 아줌마가 혼자 쪼갰다. 게임을 끝낸 기준이 담배를 물었다. 그때 아줌마가 화장실로 갔다. 기준이 나에게 눈짓을 했다.

나는 기준이 옆으로 붙으며 의자에 놓인 아줌마의 가방을 열었다. 지갑이 보였다. 기준이 엉덩이를 들고 카운터를 쳐다봤다. 지갑이 두툼했다. 흥분됐다. 가방 안에서 지갑을 열었다. 만 원 세 장, 천 원짜리가 대여섯 장. 나머지는 모두 영수증들이었다. 야, 너나 먹어라. 나는 만 원짜리만 꺼내 주머니에 넣었다. 키보드 옆에 놓여 있던 아줌마 담배도 소매 속에 넣었다. 온다! 나는 기준을 두고 먼저 피시방을 나왔다. 화장실로 들어가 담배를 피웠다. 어떻게 이딴 걸 피우냐. 얇고 긴 담배였다. 기준의 문자가 왔다. 오늘은내가양보했다.

건물을 나서는데, 초딩들이 우르르 건물로 들어섰다. 보나마나 피시방으로 갈 것들이었다. 야, 너! 에, 저요? 얼결에 대답한 아이가 나와 눈이 마주쳤다.

"그래, 너!"

"야, 그 형이다!"

나를 알아본 몇이 그 아이를 잡아끌었다. 자식들이 경찰서에 신고하겠다며 폰을 꺼냈다. 그중 하나는 벌써 제 엄마와 통화를 하는 참이었다.

"내가 뭘 했다고 그래?"

"또 돈 뺏으려고 하는 거잖아요!"

"내가 뺏었어? 언제? 증거 있어?"

야, 사진 찍어! 아까부터 난 동영상 찍고 있어! 아이들이 제각각 떠들어대 정신이 하나도 없었다. 시끄러! 조용히 좀 다녀! 나는 고함을 치고 서둘러 뒤돌아섰다. 꼬치집 사장이 이쪽을 쳐다보고 있었다. 출입문은 고쳤는데, 깨진 입간판은 그대로였다. 뭘 꼬나봐! 아이들이 와— 소리를 지르며 지하 피시방으로 내려갔다.

엄마는 다음 날부터 같은 건물의 호프집 주방에서 일하기 시작했다. 집에 들어오는 시간은 똑같다고 했다. 누가 궁금하대? 굳이 이 상가에서 일을 하겠다는 엄마가 답답했다. 딴짓으로 돈 버나. 씨발, 저 사장새끼 아가리를 찢어놨어야 했는데. 칙, 침을 뱉고 뒤돌아섰다.

주머니 속 지폐를 만지작거렸다. 배가 고파 속이 쓰렸다. 편의점에서 소시지 네 개를 집어먹었다. 담배까지 사고 남은 돈은 이제 이만오천삼백 원이었다. 이 돈이면 유선을 불러도 될 것 같았다. 아직 어두워지려면 멀었다. 유선은 낮에만 외출이 가능했다. 꽤나 얌전한 척이었다.

—뭐하심?

—걍있어

—노래방갈까?

—고음불가주제에ㅋㅋ

—시르면말고ㅎ

—얼루가?

나올 줄 알았다. 노래방에 가자면 언제든지 콜이었다. 노래방 말고 어디 없나. 아무리 생각해도 마땅한 데가 없다. 기준이처럼 집이라도 비어야 뭐라도 하지. 맨날 누워 있는 형 때문에 누구 하나 부를 수도 없었다. 하긴 형이 없어도 쪽팔린 집구석이었다. 두 다리를 펴고 앉을 데가 없었다. 엄마는 집에 돌아와서도 일을 했다. 큰 덩어리 플라스틱 사출물을 펜치로 뜯어내고, 모서리 부분의 찌끼를 커터칼로 말끔하게 도려내는 작업이었다. 구질구질하게! 부품을 담은 상자를 발로 차면 엄마는 사색이 됐다. 엎지르기만 해봐! 유일하게 엄마가 큰 소리를 칠 때였다. 째지는 목소리가 들려야 엄마가 온전한 사람처럼 보였다. 그래서 나는 일부러 상자를 툭툭 차곤 했다. 그래도 뒤집어지도록 차진 못했다. 그건 아빠나 할 수 있었다. 그러고 보니 아빠를 본 지 좀 됐다. 어디서 또 술 퍼먹고 고꾸라졌겠지. 차라리 그게 나았다.

유선은 눈가에 시커먼 걸 바르고 나타났다. 손톱 열 개도 모조리 새카만 색이었다. 그것 좀 안 할 수 없냐? 유선이 입술을 삐죽댔다. 네가 무슨 가수냐? 왜 이래. 내일 오디션 보기로 했어. 또 미끄러질 거면서. 유선이 우뚝 멈춰 섰다. 나 안 가. 알았어, 알았어. 가, 가자. 내가 잘못했어.

나는 이상하게 유선에게는 꼼짝도 못했다. 유선의 도톰한 입술은 아주 맛이 좋았다. 아직 만져보진 못했지만 살이 오른 엉덩이만 봐도 아랫도리에 피가 몰리는 것 같았다. 가슴은 만지게 하면서 엉덩이는 손도 못 대게 했다. 웃겼다. 웃기는데, 좋다. 마음만 먹으면 못할 것도 없었다. 하지만 그러긴 싫었다.

유선은 노래를 부르면서 춤을 췄다. 아까 아줌마가 보던 뮤직비디오가 화면에 번쩍였다. 내 허벅지에 다리를 올리고 골반을 흔드는 유선이, 귀여웠다. 가수들보다 훨씬 더 노래를 잘하는 것 같았다. 문제는 얼굴이었다. 좀 귀엽긴 해도 솔직히 연예인할 얼굴은 아니었다. 하기야 수술하면 되니까. 그런데, 엉덩이. 저 큰 엉덩이는 수술해도 작아질 것 같지 않다. 유선이 내 얼굴을 찰싹 때렸다. 야, 어딜 봐! 나는 유선을 잡아끌어 입을 맞췄다. 유선의 혀가 냉큼 입안에 들어왔다가 나갔다. 유선이 한참 깔깔거리더니 아무렇지 않게 노래를 계속 불렀다. 나는 유선의 마이크를 뺏고 소파 위로 엎어졌다. 야! 한번 하자. 마스카라 번져. 여전히 가슴은 허락하는데 바지는 내려주질 않았다. 힘으로 할 수도 있었지만, 그러지 않았다.

배고프다. 유선이 제 배를 두들겼다. 음료수까지 마셔서 남은 돈은 만천 원밖에 없었다. 너 이제 돈 없지? 나는 대답하지 않았다. 수중에 만 원은 있어야 했다. 오늘은 내가 쏠

게. 유선이 앞장섰다. 유선의 엉덩이가 실룩댔다. 가라앉지 않은 아래가 불편했다.

돈가스를 먹으면서 유선은 내내 종알댔다. 엄마와 기준과는 할 수 없는 이야기가 끊임없이 쏟아졌다. 그래봤자 자기 부모님이나 유선이 좋아하는 가수들 이야기였지만, 그걸 가만히 듣다 보면 기분이 좋아졌다. 유선은 입가에 소스를 묻혀가며 지난밤에 치킨을 사온 아빠 이야기를 이어갔다. 자기가 좋아하는 아이돌 그룹 브로마이드도 챙겨왔다는 것이다.

"우리 아빠 대따 귀엽지. 그런 걸 챙겨주는 아빠는 세상에 자기밖에 없다면서, 그러니 공부 열심히 하라는 거야. 우리 아빠가 돈을 못 벌어서 그렇지, 인간은 괜찮아."

능력 없는 아빠랑 사는 게 자랑이다. 그 말은 하지 않았다.

"엄마가 먹는 거 다 궁둥이로 간다고, 두 조각만 먹으라고 해서 짜증이 확 나는 거지. 근데 브로마이드 때문에 참았어. 나 착하지?"

"그래, 개 착하다."

키득대면서 유선은 돈가스를 다 먹었다. 나는 내 돈가스 두 조각을 덜어 유선의 접시에 올려줬다. 유선이 나를 빤히 쳐다봤다.

"넌 꼭 울 아빠 같아."

"늙어 보인다는 말이지?"

"그렇기도 하고."

저 혼자 또 깔깔거리더니, 내가 준 것도 남김없이 다 먹었다. 가수가 되려면 저 식욕부터 어떻게 해야 할 것 같았다. 유선과는 돈가스를 먹은 뒤에 헤어졌다. 나는 다시 혼자가 됐다.

피시방으로 갈까 하다가, 말았다. 그 아줌마가 아직도 있으면 어쩌나 싶었다. 잡아떼면 그만이지만 구리니까 며칠은 그 피시방에 안 간다. 집구석으로 들어가기도 싫었다. 누운 형을 보는 건 취한 아빠를 보는 것보다 더 짜증났다.

*

형이 자리에 누운 건, 내가 중학교에 입학하던 해였다. 그때는 살 만했다. 방도 두 개였고 아빠도 일을 했다. 술을 마시면 때려부수긴 했지만, 평상시의 아빠는 온순하고 정상적인 사람이었다. 그날도 다른 날과 같았다. 아빠가 술 냄새를 풍겼고, 엄마는 잔소리를 했다. 매를 버는 꼴이었는데, 엄마는 늘 저렇게 아빠 화를 돋웠다. 기다렸다는 듯이 아빠가 눈에 보이는 것들을 집어던지기 시작했다. 던질 게 없자,

엄마의 상자를 발로 찼다. 엄마가 악다구니를 쳤다. 익숙한 풍경이었다. 엄마가 아빠에게 대들면, 아빠는 엄마를 때리고. 맞던 엄마가 집 밖으로 도망치면, 아빠는 엄마를 잡아오라고 소리친다. 소리를 지르다 제 풀에 지쳐 곯아떨어지면 끝이었다. 다음 날 아침이면 엄마는 아무렇지 않게 콩나물국을 상에 올리고, 아빠는 무안쩍게 수저를 들 것이었다. 그날, 다른 것이 있었다면 형이 방에서 나왔다는 것이다. 나는 구석에 서 있었다. 아무도 나를 신경 쓰지 않았다. 형이 나타나자, 아빠가 엄마의 머리채를 휘어잡고 벽으로 내동댕이쳤다. 형이 아빠를 밀치면서 소리를 질렀다.

"제발 좀 그만해. 지긋지긋해, 아주!"

바닥에 쓰러진 아빠가 형의 다리를 걷어찼다. 휘청 넘어졌던 형이 벌떡 일어났다. 그러더니 아빠의 멱살을 잡아 일으켰다.

"술 좀 그만 마셔! 아빠 때문에 죽고 싶다고!"

"그래? 그럼 죽어라, 이 새끼!"

아빠 손에 잡힌 건 펜치였다. 아빠가 그걸로 형의 머리를 내리찍었다. 형이, 풀썩 쓰러졌다. 엄마가 형을 부둥켜 안았다. 아빠는 어떤 상황인지 몰랐고, 자기가 지쳐 떨어질 때까지, 한 몸이 된 엄마와 형을 발로 찼다. 형의 머리는 그 뒤로 굳어버렸다.

엄마는 형의 머리를 내리찍은 그 펜치를 버리지 않았다. 여전히 플라스틱 덩어리를 뜯어내는 데 썼다. 자식 머리에 박혔던 펜치를 다시 쓰는 엄마도 분명 제정신이 아니었다.

형이 병신이 됐다는 진단을 받기 위해서 얼마 하지도 않던 전세를 빼야 했다. 재활 치료를 받게 한다며 빚도 졌다. 그래봤자 형은 평생 저 꼴로 살아야 한다. 그걸 인정하지 않는 건 엄마뿐이었다. 아빠는 그 뒤로 매일 술에 취했고, 빚은 늘고, 엄마는 더 많은 일을 했다. 새벽의 상가 청소를 시작으로, 해장국집에서 파를 썰고, 밤에는 꼬치집에서 설거지를 했다. 눈 풀린 형에게 끼니때마다 약을 먹이고, 철마다 병원에 데리고 갔다. 엄마에게 식구는 형밖에 없었다.

병신이 되기 전부터도 엄마에게 자식은 형뿐이었다. 좋은 대학에 들어가 대기업에 취직하거나, 판검사나 의사가 될 수 있는 아들이라고 철석같이 믿었다. 공부는커녕, 쌈박질에 맨날 사고만 치던 나는 엄마의 관심 밖이었다. 큰아들이 성공해서, 부모 잘 모시고 못난 동생 건사하며 살기를 바랐을 테지. 꼴좋다. 형을 안고 있는 엄마를 보면 가끔 고소했다.

살기는 편했다. 누구 하나 나를 앉혀두고 잔소리를 하지 않았고, 앞으로 뭐 하며 살 거냐고 닦달하지도 않았다. 나 혼자 밥 차려먹고 나 혼자 알아서 자랐다. 학교를 빠져도 아무도 뭐라 하지 않았다. 동네 형들에게 잡혀도 뺏길 돈이 없어 맷집만 늘었다.

기준과 어울릴 수 있게 된 것도 그 맷집 덕분이었다. 문제가 생기면 내가 대신 싸우거나 맞아줬다. 그러고 나면 기준이 초딩들에게 뺏은 돈이나 폰을 주기도 했고, 퍽치기라도 한 날이면 밥이나 술을 사기도 했다. 겁주든지, 때리든지, 부수든지, 뺏든지, 나보다 두 살 어린 기준의 지시에 따르기만 하면 상을 주듯 용돈을 쥐여줬다. 치사하다고 생각하지 않았다. 기준은 돈을 만드는 방법을 알았다. 가끔은 기준이 먹기 싫은 여자애들을 붙여주기도 했다. 내가 여자애랑 하는 걸 보면서 딸딸이를 치는 건 정말 용서가 안 됐다. 그래도 기준이 부르면 나는 언제든지 달려나갔다.

유선을 만난 건 피시방이었다. 프린터 앞에서 발을 까닥거리는 여자애가 서 있었다. 여자애의 손에 들린 종이가 보였다. 오디션 응모 지원서였다. 나는 얼굴을 쳐다봤다. 별루구만. 여자애가 나를 흘깃 쳐다보더니, 종이를 품에 감쌌다. 그러더니 종종걸음으로 나섰다. 그때 그 엉덩이를 보았다. 교복 치마가 터질 것처럼 부풀어 올라 허벅지 안쪽이 훤히 보였다. 저 치마를 확 뒤집고 싶었다. 여자애가 몸을 돌렸다.

"너 박성철 맞지?"

내 이름이었다.

"나, 너랑 같은 반이었는데, 육 학년 육 반. 기억 안 나?"

"어?"

"나 김유선."

기억나지 않았다. 여자애가 내 앞으로 다가왔다. 나는 주춤 뒤로 물러났다. 너 키 되게 많이 컸다. 여자애의 머리통이 내 가슴께에 닿았다.

유선은 한마디로 따였다. 학교에서도, 집에서도 늘 혼자였다. 나랑 같이 있을 때 전화는커녕, 문자 한 번 오지 않았다. 오히려 늘 내 폰만 시끄러웠다.

"완전 연예인이네."

그래봤자 기준이었다. 담배를 사오라는 전화거나, 왜 안 오느냐고 지랄하는 문자들이었다. 나는 그냥 어깨를 들썩이고 담배를 물었다.

"넌 친구들 많은가 봐."

"다 거지 같은 새끼들이야."

"왜에?"

왜냐고 물으며 눈을 동그랗게 뜨는 유선에게 나는 덥석 입을 맞췄다. 유선은 거부하지 않았다. 동네의 어둑한 공원에서였다. 나는 얼른 입을 떼고 두리번거렸다. 멀찍이 운동하는 노인들만 보였다. 화장실에서 지린내가 풍겼다. 다 피우지도 않은 담배를 멀리 던지고, 유선을 끌어안았다. 나도 모르게 유선의 가슴에 손이 닿았다. 엉덩이랑 다르게 가슴은 쪼그맸다.

"아이참."

유선이 나를 밀쳤지만 싫은 내색은 아니었다. 나는 더 세게 유선을 안았다. 이번에는 혀도 집어넣었다. 유선이 몸을 살짝 뒤로 빼더니, 곧 내 혀를 받아들였다. 어색하고 불편했다. 그런데 그게 좋았다. 나는 거칠게 혀를 움직이며 유선의 블라우스 단추를 잡아당겼다. 그럼 뜯어지잖아. 유선이 제 손으로 가운데 단추 두 개를 풀었다. 유선의 부들부들한 속살이 닿았다. 자지가 발딱 섰다. 브래지어를 젖히자 오돌토돌한 젖꼭지가 만져졌다. 오줌이 마려웠다. 나는 벌떡 일어났다. 유선이 멍한 표정으로 나를 올려다봤다. 좆 됐다. 부푼 바지가 가라앉질 않았다. 유선이 갑자기 깔깔댔다. 유선의 저 입속에 집어넣고 싶었다.

*

기준의 전화를 받은 건 밥상 앞이었다. 엄마는 형을 끌어안고 밥을 먹였다. 제대로 앉지도 못하는 형은 그걸 우물거리지도 못했다. 흘리는 게 반도 넘었다. 밥을 먹이고 엄마는 호프집으로 가야 한다. 형의 매 끼니를 챙겨야 해서 엄마는 집 근처에서만 일을 구했다. 내가 밥을 먹다 말고 일어나도 엄마는 뭐라 하지 않았다. 엄마에게 나는 투명인간이었다. 하긴 나는 돈 달라는 말만 안 하면 효자지. 삐걱, 알루미늄 문은 아귀가 안 맞아 여닫을 때마다 귀청 떨어지는 소리가 났다. 삼만 원을 훔친 지 이틀 만이어서 좀 켕겼지만, 기준이 부르니 가야 했다.

먼저 자리 잡고 있던 기준의 옆에 앉았다.

"배고파, 컵라면 하나 사줘."

"싫어."

"야, 너 오십이나 가져갔잖아."

"없어."

"뭐 했는데?"

"상관 마, 씨방아. 접속이나 해."

애인 대행, 섹파를 찾는 인간들이 꼬이는 사이트였다. 로그인하자마자 대여섯 개의 쪽지가 동시에 떴다. 방가! 어디세염. 안녕. 심심하면 나랑 만날까? 첫인사가 모두 제각각이었다. 나는 모든 쪽지에 ^^를 보냈다. 화면의 나는 웃지만, 사실은 오만상을 쓰고 담배를 피웠다. 밥이나 다 먹고 오는 건데.

채팅방에 들락거리면서 상대를 찾았다. 하도 많이 해봐서, 이제 두어 마디만 주고받으면 될지 안 될지 알았다. 처음에는 핑계를 대고 채팅방에서 나왔는데 지금은 간 보고 답 안 나오면 그냥 나왔다. 상대를 계속 찾아다녔다. 열 명쯤과 떠들고 난 뒤였다. 딩그덩.

: 맥주 마실래?

이런 여자가 만날 가능성이 있는 거다. 나는 ㅇㅋ라고 쳤다.

: 몇 살?

: 스물. 거긴?

: 누나랑은 안 놀아?

: 아뇨, 연상 완전 좋아요ㅋ

: 마음에 든다.

주고받는 쪽지를 읽은 기준이 낄낄댔다. 그때 유선에게서 문자가 왔다.

—뭐 해? 지금 만날까?

ㅎ도 없고 ㅋ도 안 쓴 문자였다. 유선이 먼저 만나자고 한 것도 처음이었다.

"뭐 해. 장소 정하자고 하잖아."

나는 유선에게 답문을 보내지 못했다. 만나고 싶어도 돈이 없었다. 우선 여자부터 만나야 했다. 동네에서 가까운 술집 거리의 편의점 앞에서 만나기로 했다. 나는 먼저 일어났다. 유선에게 다시 문자가 왔다.

—나 오디션 떨어졌어. 나올래?

당장 가고 싶었다. 나는 기준을 쳐다봤다.

"시간 꼭 지켜."

"알았어, 씨방아. 처음도 아닌데 왜 그래?"

"끝나고 갈 데 있어."

"그래에?"

고개를 돌린 기준이 나를 올려다보더니, 피식 웃었다.

"그렇단 말이지. 알았어. 시간 맞춰 갈게. 먼저 가."

나는 서둘러 피시방을 나섰다.

내가 여자를 따먹고 나면 기준이 들어와 난동을 부린다. 사진과 동영상을 찍고 사정없이 두들겨 팬다. 파랗게 질린 여자에게 기준이 몇 마디만 하면 상황 종료였다. 기준과 나는 큰돈을 요구하지 않았다. 액수가 커지면 여자가 이판사판이라며 경찰에 신고할 수도 있었다. 겁을 줄 때는 오십, 백을 부르지만 곧이곧대로 그 돈을 다 주는 여자는 거의 없었다. 백을 부르면 칠팔십, 오십을 부르면 삼사십밖에 없다고 했다. 아무리 협박을 해도 정말 돈이 없다며 펑펑 울던 여자에게 오만 원만 받고 나온 적도 있었다. 삼사십만 뜯어내도 나쁘지 않았다. 그 정도면 아줌마도 좋고 우리도 좋았다.

돈의 삼분의 이나 갖는 기준은, 그 돈으로 옷을 사거나 술을 처마셨다. 나는 그렇게 번 돈으로 한동안은 돈 걱정 없이 피시방에서 죽칠 수 있었다. 폰 요금도 내고, 유선과 노래방도 갈 수 있었다. 유선에게 돈가스를 마음대로 살 수도 있다.

유선에게는 이따 전화하겠다고 문자를 보냈다. 유선은 기다리겠다고 했다. 마음이 급했다. 약속 시간이 되어 편의점 앞에서 서성였다. 편의점 앞으로는 술집들이, 뒤쪽으로는 모텔이 즐비했다. 대낮인데도 사람들이 많았다. 벨이 울렸다. 받으니, 저쪽에서 폰을 든 여자가 나에게 걸어왔다. 누나라고 하더니만 완전 아줌마뻘이었다. 그래도 뭐 돈은 있어 보였다. 나는 고개를 꾸벅 숙였다.

"어머, 되게 동안이다."

"그런 말 엄청 듣는데, 대학생이에요."

"민증 보여달라고 할 수도 없고."

아줌마가 나를 위아래로 훑었다.

"대화에 나이가 중요한가."

"그렇지?"

어디로 갈까, 아줌마가 두리번거렸다.

"저, 사실은 좀 피곤한데. 시원한 맥주 사갖고 편한 데 가서 얘기할래요?"

"어머! 자기 성격 되게 화끈하다."

아줌마가 편의점에 들어가 캔맥주 네 개와 마른안주를 샀다. 허리가 펑퍼짐하고 다리가 짧았다. 그런데다 머리를 길게 늘어뜨려 목도 짧아 보였다. 모텔비도 아줌마가 냈다. 아줌마들은 이게 좋다. 앞장서 계단을 올라가는 것도 거침이 없었다. 아직 쓴맛을 못 봤단 거지. 기준에게 문자가 왔다.

—들가는거확인. 한시간뒤.

방에 들어서자마자 아줌마는 자기는 씻고 왔다며 나만 씻으면 된다고 했다. 대화나 하자더니. 샤워를 하고 나오니 아예 속옷 차림이었다. 아줌마가 맥주 캔을 따 내 앞에 내밀었다. 탁자에는 담배와 콘돔이 놓여 있었다.

“이런 거 자주 해?”

“아니, 뭐 가끔.”

“잘하는 사람이 좋은데. 자긴 좀 숙맥 같다.”

나는 어깨를 펴고 앉았다.

“해보면 알죠.”

“기대해도 돼?”

아줌마가 웃으며 맥주를 마셨다. 나도 따라 마셨다.

“이리 와.”

아줌마가 침대로 올라갔다. 팬티 사이로 비죽 튀어나온 털이 보였다. 나는 바지를 내렸다. 어느새 앞이 불룩 튀어나와 있었다. 이건 시도 때도 없고, 사람도 못 가렸다. 나는 얼른 침대 속으로 기어들어갔다.

기준은 오지 않았다. 젠장. 아줌마는 소리를 지르며 정신 없이 엉덩이를 흔들었다. 못 참아요, 지금 싸요. 아줌마가 귀를 물어뜯었다. 조금만 더, 조금만! 돈 받고 하는 것도 아니고, 내가 빠구리 칠 상대가 없나! 홧김에 벌떡 일어났다. 일어났다고 생각했는데 아줌마 배 위에 싸고 말았다. 아, 쪽 팔려. 쪼그라든 걸 본 아줌마가 키득댔다. 귀를 만져보니 피가 묻어났다. 미친 거 아냐? 아줌마가 담배를 물었다. 피워. 나는 담배를 낚아채며 기준에게 문자를 보냈다. 왜 안 와, 썅! 곧바로 문자가 왔다. 아줌마가 세게 생겼더라. 재미 보라고ㅋㅋ. 웃긴, 씨발새끼. 유선에게도 문자가 와 있었다. 언제까지 기다려? 나는 아줌마를 쳐다봤다. 저, 가봐야 되는데, 차비 좀…… 아줌마가 비실비실 웃었다. 얘, 너 고딩이지?

아줌마랑 한 탕 더 뛴 뒤에야 풀려났다. 징그러운 여자였다. 내 위에서 괴성을 지르고 온몸을 비틀어댔다. 아줌마 엉덩이에 눌린 치골이 부서지는 줄 알았다. 씨발, 그러고 받아낸 돈이 꼴랑 사만 원이었다. 오늘 재수 좋은 여자였다. 기준만 들이닥쳤으면 돈 백은 뜯을 것 같았는데. 아줌마가 또 보자며 손을 흔들었다. 그래, 꼭 한 번 더 보자. 그 아가리로 내 좆 빠는 걸 찍어줄 테니까. 그때도 웃을 수 있나 보자. 나는 유선이 기다리고 있는 공원으로 달려갔다. 심장이 터질 것 같았다.

유선은 혼자가 아니었다. 남자애들과 함께 어울려 있었다. 거기에 기준이 있었다. 공원에서 기다리라고 한 내 잘못이다. 집 앞으로 간다고 할걸. 아니, 노래방에 먼저 가 있으라고 할걸. 내가 왜 그랬지! 후회해봤자 소용없었다. 나를 본 기준이 놀란 눈치였다.

"여긴 어떻게 알고 왔냐?"

이번엔 유선이 놀랐다.

"서로 아는 사이야?"

"누나도 얘 알아요?"

유선이 나에게 왜 이제 오냐고 물었다. 나는 대답을 못했다.

"누나가 기다리던 친구가 얘예요?"

유선이 고개를 끄덕이자, 기준이 미친놈처럼 웃어댔다. 유선은 아랑곳하지 않았다.

"인사해. 동생이랑 동생 친구들이야. 그런데 너희들 아는 사이구나?"

유선에게 동생이 있다는 건 알았지만 그게 기준이 패거리인 줄은 몰랐다. 기준이 뒤에서 건들거리는 녀석이 나에게 뻑큐를 날렸다. 재가 유선이 동생이었다고? 쪽팔려. 언제였더라, 기준에게 만 원을 꿀 때 옆에서, 야 씨발 그냥 줘서 보내, 라고 내뱉었던 새끼였다.

"그래 재미는 좀 봤어?"

"무슨 소리야."

기준이 웃음기를 띠며 유선을 쳐다봤다. 유선이 대뜸 기준에게 쏘아붙였다.

"넌 왜 형한테 반말이야? 내 친구라니까."

"형? 아, 형님! 형님이셨어요?"

기준이 계속 낄낄댔다. 가자, 라고 말하며 기준이 앞서 갔다. 유선이 순순히 일어났다. 나는 유선의 팔꿈치를 잡았다.

"어디 가?"

"노래방. 기준이가 쏜대."

"우리끼리 놀자. 나 만나기로 한 거잖아."

"누가 늦게 오래? 삼십 분이나 기다렸다고."

"누나, 빨리 와!"

기준이 소리쳤다. 유선이 엉덩이를 실룩이며 기준을 따라갔다. 저런 것들이랑 노는 게 뭐 좋다고 실실 쪼개는지. 치골이 욱신거렸다. 같이 어울리기 싫었다. 기준이 나와 유선의 사이를 눈치 깐 것도 싫다. 동생이란 새끼도 쳐다보기 싫다. 기준이한테 들러붙어서 애들 돈이나 뺏는, 저것도 나 같은 놈이었다.

나는 사들고 간 소주를 마셨다. 내가 유선을 볼 때마다, 유선의 시선은 기준을 향해 있었다. 두 병째였다. 집어먹을 것이 없으니 금방 술이 올랐다. 노래는 유선이 혼자 불렀다. 남자 셋이 앉아 유선의 노래를 구경하는 꼴이었는데, 느린 노래가 나오면 기준이 일어나 같이 불렀다. 유선의 목소리도 듣기 싫었다. 동생이 화장실에 간 사이에 기준이 유선의 허리를 더듬는 꼴도 보기 싫었다. 손을 허리에 짚은 유선이 가슴을 내밀고 기준의 앞으로 다가가며 노래를 불렀다. 기준이 막 웃어댔다. 유선이 부끄럽다는 듯이 얼굴을 붉혔다. 좋기도 하겠다, 씨발년. 노래를 다 부른 유선이 가쁜 숨을 내쉬며 내 옆에 털썩 주저앉았다.

"더 못하겠다. 너도 불러. 노래 잘하잖아."

유선이 마이크를 내 무릎에 놓았다.

"노래도 잘 부르셨어요?"

기준이 담배 연기를 내 얼굴에 뿜었다. 나만 보면 자꾸 웃어대는 기준의 면상을 싸발라버리고 싶었다. 나도 담배를 물었다. 좁은 실내에 담배 연기가 가득 찼다. 기준이 동생에게 음료수를 사오라고 내보냈다. 동생이 나가자 기준이 유선을 안아 입을 맞췄다. 저 새끼가! 유선이 기준을 밀었다. 야아.

"싫어?"

기준이 바닥에 침을 뱉고 담배를 마저 피웠다.

"애들도 있잖아."

"나가자."

기준이 유선의 어깨에 손을 올렸다. 유선이 나를 잠깐 쳐다보더니, 그 손을 밀치지 않았다. 피가 거꾸로 솟았다. 소주병을 집어드는데, 열린 문틈으로 노래방 주인이 보였다. 나는 얼른 소주병을 바닥에 내려놓았다. 씨발, 되는 게 없는 하루였다. 나는 노래방을 나왔다. 아무도 나를 잡지 않았다.

노래방 복도가 빙글빙글 돌았다. 술을 마시면 이래서 싫었다. 제대로 걸을 수가 없었다. 꼭 아빠가 된 것 같아서 구역질이 났다. 지하 노래방에서 계단을 다 올라가자 숨이 찼다. 오바이트가 쏠렸다. 우욱, 나는 전봇대를 붙잡고 토했다. 웨웩, 우웨엑. 먹은 게 없어 멀건 물만 쏟아졌다. 다 죽여버릴 거야! 술만 취하면 아빠가 외치던 소리가 귓가에 맴돌았다. 다 죽여버릴 거야! 나도 아빠처럼 소리 질러봤다. 울렁이던 속이 조금 가라앉는 것 같았다. 다 죽여버릴 거야! 씨발, 다 죽여버릴 거라구! 뛰쳐나온 노래방 주인이 욕을 해댔다. 내가 발끈해서 덤비려 하자 노래방 주인이 먼저 나를 밀쳤다. 나는 시멘트 바닥에 머리를 찧고 정신을 잃었다.

*

눈을 뜨자 형의 무릎이 보였다. 어떻게 집에 들어왔는지 기억나지 않았다. 일어나 앉으려다 휘청, 중심을 잃었다. 그만 형의 다리를 잡았다. 앙상하게 뼈만 남은 다리였다. 해골이라도 짚은 것 같아서 섬뜩했다. 머리가 터질 것 같았다. 불도 못 켜고 무릎으로 기어 간신히 냉장고의 물을 꺼내 마셨다. 물에서 소주 냄새가 났다. 노래방 주인이 뭐라 한 거 같은데…… 그다음은 기억이 없다. 노래방도 가물했다. 둘이, 안 했겠지? 설마, 했을까? 나쁜 년. 내가 있는데 그 앞에서 막 끼 부리고. 더러운 년. 씨발년. 씨발새끼. 다 똑같은 연놈들!

냉장고에 기대앉았다. 저기 누워 있는 형이 보였다. 어둠에 눈이 익숙해졌다. 가만히 보니 엄마의 상자가 뒤집혀 있다. 젠장, 아빠가 기어들어온 모양이었다. 그런데 아빠가 없다. 엄마도 없다. 도대체 몇 시인지 가늠이 안 됐다. 폰을 꺼냈다. 전원이 꺼졌다. 형이 다리를 버르적거렸다. 병신 지랄하네. 나는 물병을 들고 통째로 마셨다. 얼마나 악을 질렀는지 목구멍이 찢어진 것 같았다. 바닥은 온통 플라스틱 조각들이었다. 뭐가 뭔지 하나도 모르겠다. 나는 폰을 충전기에 꽂고, 그 자리에 다시 널브러졌다. 천장이 뱅뱅 돌았다.

잠이 깬 건 벨소리 때문이었다. 새벽인 줄 알았는데, 겨우 열한 시였다. 유선이었다. 받지 말까 하다가, 받았다. 유선이 운다.

"얼른 좀 와줘."

형이 다리를 비틀었다. 지린내가 났다. 곧이어 똥냄새가 풍겼다. 가지가지 한다. 엄마가 보면 기저귀를 안 갈아줬다고 난리칠 것이었다. 차라리 유선한테 가는 게 나았다. 나는 폰을 들고 집을 나섰다. 배터리는 한 칸, 돈도 하나도 없다. 어디다 흘렸는지, 어디에 썼는지 기억이 없다. 나는 온통 없는 것밖에 없었다. 머리가 아팠다. 씨발, 눈까지 오고 지랄이야. 눈 얼룩으로 길가가 지저분했다. 사람들은 종종거리며 걸었다. 나는 골목을 나와, 버스정류장을 지나, 아파트 단지를 가로질러, 술집 거리로 들어섰다. 저기 모텔 골목이 환했다. 왜 또 거길 처가는지 나도 모를 일이었다.

방문을 여니 바닥에 쪼그려 앉았던 유선이 벌떡 일어났다. 침대에는 동생 새끼가 뻗어 있었다. 얼굴이 온통 피범벅이었다. 감긴 눈이 퉁퉁 부어, 콧구멍 두 개만 뚫린 살덩이 같았다.

"뭐야, 무슨 일이야? 얘는 또 왜 이래?"

유선은 아무 말도 못했다. 기준이가 이랬냐? 응. 씨발. 담배를 하나 빼물고 침대에 걸터앉았다. 유선은 내 눈치만 살폈다.

"꼴에 누나라고 말리디?"

"응……"

"경찰에 신고할 일이지 왜 나를 불러!"

"어떻게 신고해. 그럼 내가 여기 있었다는 걸……"

"그럼 어쩌자고?"

"집까지만 데리고 가줘."

"씨발, 별거 다 시킨다. 일은 지들이 저지르고 왜 나를 불러, 응?"

유선이 눈물을 흘렸다. 아씨, 여자 눈물 졸라 재수 없어. 눈물이라면 엄마한테 질릴 대로 질렸다고. 운다고 뭐가 돼! 나는 꽥 소리를 질렀다. 유선이 내 고함에 놀라 몸을 웅크렸다.

"너, 그런 애였어?"

"뭐가 그런 애야? 그런 넌 그런 년이었냐? 뭐, 나한테는 시간을 달라고? 준비가 안 됐다고? 어디서 본 건 있어서 그딴 말이나 지껄이고, 그 맨날 안 되던 준비가 오늘은 마침 됐나 봐, 응? 야, 이 씨발년아! 내가 우습냐? 우스워?"

유선이 소리 내서 울기 시작했다. 서럽고 분한 눈물이 아니라, 무서워서 흘리는 눈물이었다. 엄마가 아빠 앞에서 흘리던 눈물과 같은 것이었다. 그 눈물이라면 나도 지겹게 울어봐서 알았다.

"그 새끼는 어디 갔어?"

"몰라."

"기준이 나 부르라 시켰어?"

유선이 고개를 끄덕였다.

"씹새끼."

나는 앉은 자리에서 담배만 연거푸 네 개를 피웠다. 돗대만 남았을 때 자리에서 일어났다. 두통 때문에 나도 모르게 머리가 자꾸 한쪽으로 기울었다. 긁힌 얼굴도 쓰라렸다.

"가. 밤새 여기 있을 거야!"

"미안해."

"닥쳐."

"화내지 마. 나도 이렇게 될 줄 몰랐어."

"아, 닥치라고!"

"정말 미안해."

"됐고! 택시비는 있어?"

"아니, 있는 거 다 기준이가……"

좆 됐다. 나는 동생을 들쳐업었다. 다리가 후들거렸다. 이걸 업고 어떻게 집까지 가나. 끔찍했다.

"집까지만이다. 그다음은 나도 몰라."

"알았어."

유선이 나에게 바짝 붙어 따라 나왔다. 내가 유선을 두고 나왔기 때문에 벌어진 일이라는 생각이 들자 가슴이 뻐근했다. 씨발, 그때 기준을 박살냈어야 했는데. 모텔 골목, 술집 거리, 아파트 단지를 지나 주택가로 오는 길이, 졸라 길었다. 뒤따라오는 유선은 계속 훌쩍였다.

"그만 좀 짜!"

"미안해, 자꾸 눈물이 나."

"미친년. 기준이 새끼가 뭐가 좋다고 홀랑 넘어가서 이 지랄을 떨게 하냐?"

"왜 그렇게 말을 무섭게 해."

"욕 안 하고 사는 년처럼 말하지 마. 너도 다 똑같아."

"눈 왔네."

"좋냐?"

"아니."

퉤! 숨을 고르기 위해서 쉴 때마다 침을 뱉었다. 입안에 자꾸 쓴맛이 맴돌았다. 머리 아픈 것도 여전했다. 유선의 집은 우리 집에서 멀지 않았다. 그 골목의 집들이란 뻔했다. 코딱지만 한 방 두어 개에 부엌 하나. 유선이 멈춘 곳은 쪽문 앞이었다.

"여기에 내려줘. 아빠 부를게."

동생을 바닥에 내쳤다. 쿵, 머리가 담벼락에 부딪혔다. 무너질까 봐 걱정해야 할 정도로 낡고 허름한 담벼락이었다.

"고마워."

나는 앞만 보고 걸었다. 이게 끝인가? 뒤돌아보니, 유선이 동생을 내려다보고 있었다. 나는 가다 말고 다시 되돌아가 유선 앞에 섰다.

"너, 정말 기준이랑 했어?"

"……"

"씨발!"

유선의 발치에 침을 뱉고, 다시 뒤돌아섰다. 그걸 또 물어본 나는 뭐냐. 아, 찌질해. 쪽팔려서 냅다 뛰었다. 기준이 새끼를 찾아야 했다.

기준은 피시방에 있었다. 그럴 줄 알았다. 나는 기준이 뒤통수를 한 대 후려쳤다. 아, 왜 이래. 기준이 고개도 못 들고 대꾸했다. 나는 다시 후려쳤다. 왜 이러냐고. 나는 또 후려쳤다. 기준의 고개가 계속 아래로 떨어졌다.

"왜, 왜 이래. 말로 해, 말로."

"너 이 새끼, 따라 나와."

엉거주춤 일어나던 기준이 갑자기 내 배를 걷어찼다. 우당탕, 의자를 밀치면서 바닥에 쓰러졌다. 나는 벌떡 일어나려고 했는데, 했는데, 어지러웠다. 빙그르 세상이 돌았다.

기준이 발로 내리찍었다. 사람들이 소리를 질렀고, 알바가 달려왔다. 경찰 부를 거예요! 에이씨! 기준이 뱉은 침이 긁힌 내 얼굴로 떨어졌다.

"너 나와! 오늘 배때기를 갈라줄 테니까."

"그래, 이 새끼야. 못 가르면 죽는다 아주!"

주먹은 내가 기준이보다 세다. 그래서 기준이 나를 데리고 다녔는데, 나를 죽이겠다고? 그래, 한번 까보자. 나는 의자를 짚고 일어났다. 머리가 핑 돌았다.

건물 주차장에는 아무도 없었다. 일대일이면 무서울 거 없다. 나는 머리를 흔들어보았다. 현기증은 사라졌다. 이제 술이 깨는 모양이었다. 나는 먼저 주먹을 내질렀다. 퍽, 소리가 났는데 기준이 잠바에 스치기만 했다. 이상했다. 지하주차장에도 눈발이 굴러다녔다. 어디선가 찬바람이 세게 불었다.

*

"자알 처마신다."

"입 다물어 새끼야."

"그만 까. 여자애 불러줄까?"

그러더니 기준이 폰을 꺼냈다.

"피곤해."

"부르지 말라는 말은 안 하네? 새끼."

"자꾸 건드릴래?"

"마셔. 마셔. 우리 화해했잖아."

그래. 우리는 서로가 필요했다. 서로 잔을 부딪친 후에 한 번에 죽 들이켰다. 세상이 다시 빙글 돌았다. 어쩐지 마음이 편해지는 것 같았다. 기준은 뭐가 신났는지 내내 떠들어댔다. 누나에게 생일선물로 받은 게임기를 주겠다느니, 내일 자기 집에서 애들 불러서 놀자느니, 그때 여자애들을 다 내 옆에 앉히겠다느니, 신나게 뻥을 깠다. 나는 바닥이 보일 때까지 오뎅 국물을 마셨다. 배가 부르니, 유선이고 나발이고 다 귀찮았다. 세상은 돌고, 몸도 뜨거우니, 이제 좀 잤으면 싶었다.

아빠의 코 고는 소리에 집이 떠나갈 것 같았다. 희미하게 똥냄새도 남아 있었다. 나는 신발도 벗지 않고 집 안을 살폈다. 엄마는 보이지 않았다. 찜질방이나 호프집 구석에 쭈그리고 있을 게 뻔했다. 형은 방 한가운데, 아빠는 싱크대에 코를 박은 채 자고 있다. 둘만으로도 집이 꽉 찼다. 어디에도 내가 누울 자리가 없었다. 나는 다시 집을 나왔다. 기준에게 문자를 보냈다.

정액권 하루만 끊어줘. 돈 만 원도 없냐, 씨방아. 꿔줘. 여기 놀이터니까 좆나 뛰어와. 나는 정말 좆나 뛰어갔다. 기준을 못 벗어나는 이유가 바로 이것이었다. 돈 한 푼 없을 때마다 아쉬운 대로 정액권을 끊어줬기 때문이었다.

"갚아라."

"씨발아, 내가 떼먹냐?"

"너, 나 아니면 돈 나올 데라도 있냐?"

에이, 씨. 꼭 한 소리를 하고서야 돈을 줬다.

나는 정액권을 끊고 가장 안쪽 자리에 앉았다. 컴퓨터도 켜지 않고 의자에 깊숙이 몸을 숨겼다. 좀 제대로 자고 싶었다. 따뜻한 방에서 쭉 뻗고 자고 싶었다. 거치적거리는 형의 다리나, 엄마의 상자 없이, 마음대로 허우적거리면서 대자로 자고 싶었다. 좁아터진 방구석 하나에 세 명이 복닥거리고 잘 때마다 숨이 막혔다. 도대체 방법이 없는 걸까. 한탕만 제대로 하면 되지 않을까. 유선은 지금 잠들었을까. 돈은 못 벌지만 착한 아빠니까 자기 자식들을 패지는 않겠지. 자식 패는 부모는 똑같이 패 죽여야 해. 그런 인간들은 인간도 아니야. 아빠는 왜 또 기어들어온 건지. 잊을 만하면 찾아와서 사람 숨통을 조였다. 술 처먹고 와서 또 형의 머리에 펜치를 꽂은 건 아닌가 몰라. 꽂으려면 제대로 꽂아 정말로 죽이던지. 그럼 둘 다 사라졌을 거 아냐. 아빠가 또 그

지랄을 떨면 내가 먼저 신고해야지…… 누가 어깨를 툭툭 건드렸다.

"시간 다 됐는데요."

열 시간을 잤다고? 놀라 벌떡 일어났다. 온몸이 쑤시고 아팠다. 어느새 군데군데 사람들이 앉아 있었다. 나는 마른 세수를 하고 정신을 차렸다. 옆자리의 남자애가 화장실에 가는지 자리에서 일어났다. 의자에 걸린 잠바를 보니 노쓰였다. 나는 내 잠바를 벗어 노쓰로 갈아입은 다음 피시방을 나왔다. 아무도 나를 쳐다보지 않았다.

어제부터 내린 눈으로 완전히 다른 세상이 된 것 같았다. 따뜻해 보였지만 졸라 추웠다. 이가 덜덜 떨렸다. 때 되니 여지없이 배도 고팠다. 안 먹고 살 수는 없나. 나는 주머니 깊숙이 손을 넣었다. 돈이 있다. 재수! 육만팔천 원이었다. 나는 제일 먼저 도착한 버스에 무작정 올랐다. 일단 피시방에서 멀어져야 했다. 자리에 앉아 잠바의 소매 안쪽을 이로 잡아뜯었다. 이건 누가 뭐래도 내 것이었다.

기준이 씨불거리면서 내 자리로 찾아왔다.

"왜 피시방을 바꿔. 너 쓸었지? 어?"

한눈에 내 잠바를 알아봤다.

"제대로 했네?"

나는 기준을 데리고 분식집으로 들어갔다. 김치볶음밥과 오므라이스를 시켰다. 분식집에는 여자애들이 많았고, 무척 시끄러웠다. 창가에 앉은 우리는 지나다니는 여자애들 다리를 훔쳐보면서 밥을 먹었다. 분식집에는 크리스마스 캐럴이 흘렀다.

"한 건 해야겠다. 좀 있으면 크리스마스도 있고."

"지난번처럼 안 들어오면 죽인다."

"너도 대갈통 참 안 돌아가. 내가 안 오면 너 혼자 처먹으면 되지, 기다리긴 뭘 기다리냐. 이런 것도 가르쳐줘야 되냐? 니 폰은 사진 안 찍히냐?"

"아."

"씨방아. 넌 그래서 안 되는 거야. 내 똥구멍이나 평생 따라다녀."

"아줌마, 여기 단무지 좀 더 줘요!"

"계집애처럼 이런 데나 오고."

"난 밥이 좋아."

"하긴 우리 누나도 집에만 오면 집밥 집밥 그러더라."

"그래도 넌 용돈 주는 누나도 있고 좋겠다."

"좋긴, 돼지 같은 년. 나한테 용돈 좀 줬다고 생색내고 엄마한테 더 뜯어간다. 공장 다니는 주제에 명품은 알아서 화장품에, 옷에, 가방에. 다 짝퉁이면서 그걸 사야 된다고 지랄병이다. 어린 게 일한다고 엄만 맨날 오냐오냐. 어리긴 뭘 어려. 나보다 더 발랑 까진 년인데. 넌 형 있다며."

"없어."

"있다고 하지 않았냐?"

"없다고 새끼야!"

"알았어. 왜 성질이야."

거리는 온통 얼음판이었다. 기준과 나는 위태롭게 걸음을 옮겼다. 나는 몇 번이나 휘청거리는 기준을 잡아줬다. 곧이어 나도 중심을 잃었다. 기준을 잡겠다고 팔을 뻗었다. 그런데 기준이 제 어깨를 날름 빼버렸다. 그 바람에 바닥에 제대로 자빠졌다. 기준이 낄낄대며 달려갔다. 엉덩이가 금세 축축해졌다. 씨발아, 그걸 피하냐! 기준이 잽싸게 피시방으로 들어갔다.

사이트에 접속하자마자 쪽지가 도착했다. 옆에서 쪽지를 훑던 기준이 하나를 골랐다. 아이디가 똘녀였다.

"어쩐지 재밌을 거 같지 않냐?"

쿡쿡거리던 기준이 시간과 장소를 불러줬다. 기준은 제가 하지 않는다고 제멋대로 쪽지를 고르곤 했다. 그러고도 돈은 더 가지고. 나는 담배를 질겅거리면서 모니터를 노려봤다.

내가 만났던 아줌마들 중에서 가장 젊고 예뻤다. 옷차림도 좋았다. 이런 아줌마가 뭐가 아쉽다고 나 같은 걸 만나는지 모를 일이었다. 나는 두리번거렸다. 기준이 새끼, 이 아줌마 얼굴 보면 광분하겠는데? 나는 히죽거리며 첫마디를 뗐다.

"누나, 먼저 돈부터 주셨으면 좋겠는데요."

예쁜 아줌마가 지갑을 열어 지폐를 꺼냈다. 이건 나 혼자 먹을 돈이었다. 나는 안주머니 깊숙이 지폐를 구겨넣었다. 아줌마를 따라 모텔로 들어섰다. 카운터의 사내가 나를 힐끔 쳐다봤다.

아줌마가 늘씬하고 예뻤지만 돈은 돈이었다. 한 번 싸고 나서 나는 기준에게 문자를 보냈다. 아줌마가 욕실에 들어갔을 때 나는 아줌마의 지갑을 꺼냈다. 지갑 안에 가족사진이 보였다. 아줌마와 남편, 둘 사이에 나비넥타이를 맨 남자아이. 모두 활짝 웃고 있었다. 이만 원만 남겨두고 모조리 잠바 안주머니에 구겨넣었다. 나는 바지를 입고 담배를 물었다.

기준이 들이닥친 건 아줌마가 욕실에서 막 나왔을 때였다. 악! 기준은 무턱대고 아줌마를 향해 사진을 찍어댔다. 아줌마는 두 손으로 가슴을 가리고 그 자리에 주저앉았다.

"오, 이쁜데?"

기준이 아래를 쓱 만졌다.

순서대로 착착 진행됐다. 실컷 때린 다음에 주소를 받아내고, 기준이 앞에서 나는 한 번 더 했다. 내가 아줌마랑 하는 걸 동영상과 사진으로 찍은 기준은, 딸을 쳤다. 여자 얼굴이 반반하다 싶으면 저 지랄이었다. 나는 아줌마 어깨를 으스러지게 잡아가며 몸을 털었다.

아줌마는 맞으면서 내내 울었다. 두 손으로 싹싹 빌었지만 우리는 멈추지 않았다. 그래도 얼굴은 건드리지 않았다. 그게 우리의 원칙이었다. 얼굴만 아니면 어디든지 마음대로 때렸다. 아줌마의 팔과 다리, 가슴에 불그스레한 피멍이 올라오기 시작했다. 아줌마를 침대 위에 무릎 꿇게 했다. 기준이 아줌마의 젖꼭지를 꾹꾹 찌르면서 실실 웃었다. 나는 괜히 문을 걷어찼다. 지친 아줌마는 피하지도 못하고 눈물만 짜냈다.

"그러니까 왜 몸을 함부로 굴리세요."

"겁도 없이 돈 있다고 지랄하니까 이 꼴이잖아!"

내가 소리를 치면 기준이 내 어깨를 두들기며 진정하라고 한다. 아줌마가 울면서 매달렸다. 잘못했다고 빈다.

"그럼 잘못하셨죠. 미성년자 데리고."

이번엔 탁자를 발로 걷어찼다. 둔탁한 소리가 날 때마다 아줌마가 움찔했다. 충분히 겁을 줬으니 기준은 아줌마의 귀에 대고 살살 어른다. 돈을 요구할 것이다. 이럴 때만은 기준과 내가 손발이 척척 맞았다. 완전 한 세트였다.

"어, 얼마나……"

"한 이백?"

아줌마의 얼굴에 언뜻 안도의 표정이 비쳤다. 곧바로 알겠다고, 보내겠다고 했다. 지금 이 순간을 어서 벗어나고 싶다는 뜻이었다. 머리가 다시 흔들렸다. 쓸린 얼굴도 쓰라렸다. 물린 귀도 따끔거렸다. 나는 다시 한 번 탁자를 발로 찼다. 탁자가 흔들리면서 지갑이 입을 벌렸다. 나비넥타이를 맨 남자아이가 나를 향해 웃었다. 있는 것들한테 이백은 큰 돈도 아니겠지. 좆값치고 이백이면 껌이네. 기준이 느물거렸다. 사진을 노려보다가, 나는 소리쳤다.

"씨발, 더 받아. 삼백 보내. 아니, 사백만 원. 아니, 오백만 원! 안 보내면 이 사진, 집으로 보내고, 네 남편에게도 보낼 거야. 동네에도 다 뿌리고 다닐 거야!"

기준이 돈을 요구하고 나는 그 옆에서 주먹질을 해대면서 겁을 주는 역이었는데, 이번만은 나도 고함치고 싶었다. 저 나비넥타이에 배알이 꼴렸다. 기준이 나를 멀뚱히 쳐다보다가, 아줌마한테 내뱉었다.

"그래, 오백은 받아야지. 그 돈도 없이 어떻게 놀아?"

기준이 나를 보고 피식 웃었다. 쪼개지 마, 새끼야. 너 좋으라고 한 말 아냐. 나는 바닥에 침을 뱉었다. 오백이면 이

백은 내 돈이 된다. 아니, 이참에 기준과 쫑낼까. 마음만 먹으면 오백 모두 내가 가질 수 있는데. 상상만으로도 기분이 좋았다.

아줌마가 지금 당장은 현금이 없다고 이틀만 여유를 달라고 했다. 주소, 집 전화번호 다 알고 있으니 딴짓은 못할 것이었다. 몇 번을 윽박지르며 다짐을 받아낸 후에, 우리는 모텔을 나왔다.

기준과 나는 고기를 구우면서 소주를 마셨다. 소주가 들어가니, 그제야 몸이 녹작지근해졌다.

"오백씩 부르고. 일 커지면 네가 책임질 거냐?"

"책임지면 되지."

"네가 어떻게 뭘?"

"겁나면 빠져 새끼야. 그럼 맨날 푼돈만 만지냐?"

"아니지. 큰돈 벌어야지. 아이고, 이제부터 형님으로 모시겠습니다."

유선이 생각났다. 기준에게 대준 년인데 왜 자꾸 생각이 나는지 모르겠다. 유선의 실룩거리는 엉덩이를 한 번도 못 만진 것이 억울했다. 나는 유선에게 전화를 걸었다. 받지 않았다. 하긴, 동생이 그 지경이 되었는데 사달이 났을 것이다. 나는 폰을 주머니에 넣었다. 이번에 이백 생기면 폰부터 바꿔야지. 그때 기준의 전화벨이 울렸다. 기준이 폰 화면에

뜬 유선의 이름을 가리켰다.

"나 받는다."

"무슨 상관이야."

그래도 내 앞이라고 작은 소리로 통화하더니, 가봐야겠다, 며 벌떡 일어나 나가는 것이다. 저 씨발새끼! 피가 거꾸로 솟구쳤다.

나는 아줌마에게 문자를 보냈다.

—생각해보니 안 되겠어. 내일 당장 보내. 아줌마 이쁘게 나온 사진 많아.

잽싸게 알았다는 답신이 왔다. 그럼, 그래야지. 오백 혼자 다 먹고, 이 동네 뜨는 거야. 그깟 집구석도 나오면 그만이지. 오토바이 하나 사서 배달하면 집 같은 데는 영영 안 들어가도 되고. 나는 고기와 소주를 더 시켰다. 자꾸 기분이 좋아졌다. 눈발이 점점 굵어졌다.

*

고깃집을 나와 거리에 혼자 우뚝 섰다. 마지막이라 생각하니, 집에 들러야 할 것 같았다. 씻고, 옷도 갈아입고 나가야지. 눈은 계속 내렸다.

어둑한 골목에 들어서자, 저기 집 앞에 남자 둘이 보였다. 그들이 나에게 슬슬 다가왔다. 좆 됐다. 나는 뒤도 안 돌아보고 달렸다. 타타타다닥, 부산한 발걸음 소리가 나를 따라왔다. 나는 좆 빠지게 달렸다. 달리고 달렸다. 억! 휘청하면서, 그대로 나동그라졌다. 씨발, 눈 때문이었다. 나는 대자로 넘어졌고, 내 위로 남자들이 덮쳤다. 컥, 숨이 막혔다.

경찰서 끄트머리에 예쁜 아줌마가 앉아 있었다. 내가 들어서자 경찰들이 아줌마에게 내 얼굴을 확인하라고 했다. 아줌마가 고개를 끄덕였다. 이, 미친년아! 소리를 지르자 경찰이 내 머리통을 쥐어박았다. 조용히 해, 새끼야. 예쁜 아줌마가 움찔거렸다.

"야, 너도 미성년자랑 떡쳤잖아!"

경찰이 아줌마를 데리고 다른 곳으로 옮겼다. 내가 입을 다물 때까지 경찰들이 돌아가면서 머리를 쳤다.

입구가 시끄러웠다. 기준이었다. 기준이 엄마가 그 뒤를 따라오면서 소리를 질러댔다.

"우리 애는 그런 애 아니에요. 나이 많은 형이 시키니까 무서워서 그랬대요. 우리 앤 잘못 없어요."

"아줌마, 좀 진정하세요."

"애가 얼마나 착하고 순한데."

나는 고개를 돌리고 혼잣말을 했다.

"지랄하네."

내 앞에 있던 경찰이 나를 쳐다봤다.

"네 엄마는 왜 안 오냐?"

"씨발, 내가 어떻게 알아요."

경찰이 또 내 머리통을 후려쳤다.

"말끝마다 욕이야, 이게 아주."

경찰은 나와 기준이 한 일을 다 알고 있었다. 기준은 끝까지 내가 시켜서 한 일이라고 했다. 꼬박꼬박 저 형이 시켜서, 라고 말을 흐렸다. 미치고 팔짝 뛰겠네. 새끼야, 그런 놈이 돈을 더 가져갔냐! 이거 네 통장이잖아, 기준이 엄마까지 합세해서 나를 윽박지르고, 경찰은 조용히 하라고 소리쳤다. 기준은 자기 엄마한테 그러지 말라며 눈물을 흘렸다. 돌겠네.

입구에 엄마가 들어섰다. 헝클어진 머리에 맨발이었다. 기웃거리던 엄마가 내 쪽으로 다가왔다.

"박성철 어머님 되세요?"

엄마가 고개를 끄덕였다. 기준이 엄마가 득달같이 달려들어 엄마의 머리를 잡아챘다. 자식 교육을 어떻게 시켜서 왜 죄 없는 우리 애까지! 경찰이 기준이 엄마를 떼어내느라 쩔쩔매고, 기준은 아예 엉엉 울어댔다. 난장판이었다. 아, 씨발 쪽팔려. 기준이 엄마를 진정시키는 데 꽤 오랜 시간이 걸렀다. 간신히 엄마가 경찰 앞에 앉았다. 그제야 경찰이 엄마에게 그동안 기준과 내가 벌인 일들을 낱낱이 설명했다. 다 듣고 난 엄마가 고개를 숙였다. 그러더니 작은 목소리로 말했다.

"제가 집에 좀 다녀올게요."

"네?"

"집에 애 형이 있는데, 밥 줄 시간이 지났어요."

"아드님이 지금 무슨 일로 여기 앉아 있는지 아시죠?"

"아는데요, 지금은 집에 가야 해요."

"엄마!"

기준이 눈물 맺힌 눈으로 기가 막힌다는 듯이 나를 쳐다봤다. 기준이 엄마는 벌린 입을 다물지 못했다. 엄마는 자꾸 입구 쪽을 바라봤다. 머리가 깨질 것처럼 아팠다.

"집에 갔다 좀 오겠다고요. 지금 애 아빠도 집에 있고, 애 형이 밥 먹을 시간이라서."

"엄마!"

엄마가 꾸벅 인사를 하더니 뒤돌아섰다. 아주머니! 경찰이 엄마를 불렀다. 엄마는 연신 고개를 꾸벅이며 뒷걸음쳤다. 경찰이 엄마를 막아섰다. 얘는 어쩌고, 이렇게 가시면 어떡해요. 실랑이를 하듯이 엄마를 잡아끌었지만, 엄마는 결국 경찰을 뿌리쳤다. 경찰서 안의 사람들이 모두 어이없다는 듯이 엄마를 쳐다봤다. 기준이 엄마에게 잡혔던 엄마의 머리 속이 휑했다. 엄마의 뒷모습이 천천히 사라졌다.

"알 만하다."

경찰이 나를 쳐다보며 혀를 찼다.

"씨발, 뭘 알아!"

나는 경찰의 목덜미를 낚아챘다. 다 죽여버릴 거야! 다 죽여버릴 거라고! 나는 머리가 터지도록 고함을 질렀다. 내가 할 수 있는 일은 그것뿐이었다.

크로이처 소나타

이평재

미술을 전공하고 화가 생활을 하면서 소설 습작을 했다.

1998년 단편소설 〈벽 속의 희망〉이 《동서문학》 신인상에 당선되어 본격적으로 소설가의 길을 걷기 시작했다.

2000년 〈리아논의 새〉로 올해의 좋은 소설, 창작집 〈마녀 물고기〉로

2001년 한국일보문학상 후보 및 동아일보 〈문학 뉴웨이브〉로 선정되었다.

2007년 〈그린스네이크 동물지〉 외 단편소설 등으로 한국예술위원회의 문예창작기금 대상자로 선정되었다.

주요 작품집으로 《마녀물고기》 《어느 날, 크로마뇽인으로부터》, 장편으로 《눈물의 왕》이 있다.

딜레마는 단순했다. 앞으로 밀고 들어갈 것인지, 뒤로 치고 빠질 것인지, 옆으로 에둘러 다가갈 것인지. 이도 저도 아니면 그대로 멈춰서 상대가 다가오길 기다릴 것인지. 그 다음의 딜레마 역시 단순했다. 세 번쯤 속삭이고 움직일 것인지, 여섯 번쯤 숨결을 고르고 움직일 것인지, 아홉 번쯤 부드럽게 쓰다듬고 움직일 것인지. 이도 저도 아니면 그대로 멈추고 상대가 먼저 움직이길 기다릴 것인지. 그러나 男子에겐 그 모든 것이 단순한 딜레마가 아니었다. 손길은 떨렸고, 마음길은 좀처럼 열리지 않았다. 그런 男子에게 女子는 말했다.

내 몸 안에 오키가 있어요.

女子의 말은 너무나 어처구니가 없어 충격적이었다. 오키가 오케이(OK)의 줄임말이 아니라, 마다가스카르의 악녀 아이아이의 또 다른 이름이라는 이야기를 들었을 때는 후

훗, 웃음이 나와 얼굴을 돌려야만 했다. '마다가스카르의 악녀 아이아이'라면 男子가 제작에 참여한 다큐멘터리의 제목이었다. 그러나 男子는 곧 아하! 하고 女子의 얼굴을 쳐다보았다. 원래 아이아이는 '아무렴, 그렇지'라는 뜻을 가진 영어 단어였다. 오케이의 줄임말인 오키와 연결시킨다고 해도 무리는 아니었다. 男子는 비로소 女子가 깜찍하다는 생각이 들었다. 하얀 女子의 얼굴을 빤히 쳐다보았다. 女子가 고개를 갸웃하게 기울이며 말을 이었다.

처음엔 무서웠고, 그다음엔 놀라웠죠.

男子는 수수께끼를 푸는 기분이었다. 스무고개를 해야 할 것 같은 느낌이 들었다. 잡고 있던 女子의 손을 놓고 자리에서 일어나 창가로 다가갔다. 낮게 드리운 구름을 바라보며 女子가 한 말을 차근차근 헤아려보았다. 아이아이가 몸 안에 있다는 게 무슨 뜻인지. 또한 무엇이 무서웠고, 무엇이 놀라웠다는 것인지. 아이아이는 마다가스카르에 살고 있는 손가락원숭이였다. 지나치게 큰 눈과 귀, 피부와 근육이 말라붙어 마른 나뭇가지처럼 생긴 가늘고 긴 손가락, 그 끝마다 단단히 박혀 있는 갈고리손톱. 원주민들은 그런 아이아이의 흉측한 모습을 싫어했다. 두려움에 빠져 무성한 전설을 만들어냈다. 밤마다 사람으로 둔갑하여 돌아다니며 젊은이들을 유혹한다든지. 갈고리손톱에 스치기만 해도 목숨을 잃는다든지. 결국 원주민들은 아이아이를 악마라고 수군대며 눈에 보이는 대로 잡아 죽였고, 아이아이는 멸종 위기에 놓여졌다. 男子 역시 이상한 모양새에 길고 검은 털이 성성하게 박혀 있는 아이아이를 처음 볼 때는 너무 흉물스러워 뒤로 물러났었다. 유충을 잡아먹는 장면을 포착했을 때서야 카메라 앵글에 담아야 했기에 별수 없이 가까이 다가갔다. 그러나 그토록 추한 아이아이에게서 뜻밖으로 우아하고 정교한 아름다움을 발견했다. 아이아이는 손가락으로 나무를 두드려 유충이 있는지 없는지를 알아냈다. 그런 다음 나무 구멍을 앞니로 갉아 넓히고, 그곳에 가장 긴 세 번째 손가락을 넣어 뾰족한 손톱으로 찍어서 유충을 꺼내 먹었다. 남자는 아이아이의 그런 먹이사냥이 단순한 살육이 아니라는 생각을 하며 女子를 돌아보았다. 그러자 문득, 여자의 말과 아이아이의 전설이 머릿속에서 하나로 연결되었다. 뭔가를 알 것 같았다. 男子는 희미하게 웃으며 女子에게 물었다.

그동안 만난 남자들이 모두 불행해졌나?

女子는 男子의 물음에 답을 하지 않았다. 고개를 두어 번 젓고 의자에서 일어났다. 오디오 앞으로 다가가며 혼잣말로 질문이 너무 단순해, 신파 같잖아, 하고 중얼거렸다. 男子는 무색했다. 여자가 만만치 않다는 생각이 들었고, 자신이 女子에 대해 오해를 하고 있는 건 아닌가 싶었다. 그동안 한 피디가 소개한 여자들은 하나같이 외모보다 커리어가 있었다. 女子도 외모가 아름다운 건 아니었다. 시립교향악단원인 女子는 바이올린을 켜고 있을 때가 가장 아름다웠다. 특히 베토벤의 바이올린 소나타 제9번을 연주할 때는 그 정교한 솜씨에 숨이 막힐 정도였다. 어느 한 사석에서 女子의 연주를 들은 男子는 감탄을 하며 女子에게 물었다. 〈크로이처〉라는 곡이죠? 女子는 눈을 반짝이며 대답했다. 네, 맞아요. 이 곡을 알고 있다니 의외네요. 男子는 자존심이 상했다. 관련된 지식을 낮고 확신에 찬 말투로 꺼내 보였다. 베토벤이 남긴 열 곡의 바이올린 소나타들 중에 가장 뛰어난 곡이죠. 톨스토이의 《크로이처 소나타》라는 소설 덕분에 더욱 유명해졌고요. 사실 '크로이처'는 프랑스 출신의 바이올리니스트의 이름이죠. 원래 베토벤이 이 곡을 크로이처에게 헌정하려 했던 것은 아니었다죠. 다른 바이올리니스트 브리지타워에게 주려고 만든 곡인데, 여자 문제로 그와의 우정에 금이 갔고, 대신 크로이처에게 헌정된 것이라지요. 크로이처가 이 곡을 난폭하고 무식한 곡이라고 비판했는데도 '크로이처'라는 부제로 알려진 건 아이러니가 아닐 수 없지요. 男子가 말을 하는 동안 여자의 표정이 시시각각 변했다. 처음엔 미간을 모으고 있다가 입술을 지그시 깨물더니 점차 미소를 띠기 시작했다. 그러곤 男子의 말이 끝나자마자 눈을 동그랗게 뜨고 말했다. 우리 연애할래요? 느닷없이 다가오는 女子의 감정에 男子는 당황했다. 한 피디의 말이 떠올라 곧바로 대답을 할 수가 없었다. 그 여자, 프리섹스를 즐기는 사람이니 정숙하다고 말할 수는 없지, 그래도 솔직하고 당당해서 오히려 멋져. 어쨌든 男子는 바로 이 한 피디의 말 때문에 女子에 대해 오해를 했다는 생각이 들었다. 왜 '프리섹스=단순한 여자'라는 편견을 가지고 있었는지, 스스로 생각해도 무색했다. 남자는 그 무색한 일을 만회하고 싶었다. 오디오에 CD를 넣고 있는 女子를 바라보며 치기 있게 한마디 던졌다.

그 놀라움을 나도 경험하고 싶은데.

男子의 말에 女子의 움직임이 잠시 그대로 멈췄다. 女子는 일 초, 이 초, 삼 초가량 지난 뒤 피식 웃으며 오디오의 플레이 버튼을 눌렀다. 그러자 곧이어 크로이처 1악장이 실내에

울려 퍼지기 시작했다. 바이올린과 피아노의 짧은 선율이 첫인사를 나누듯 두어 번 교대로 흐른 뒤에야 女子는 뒤돌아섰다. 주파수를 맞추듯 눈을 게슴츠레 뜨고 선율에 따라 머리를 이리저리 돌리며 男子를 바라보았다. 男子는 반쯤 벌어진 女子의 입을 빤히 쳐다보았다. 입술이 꿈틀거렸다. 입안의 혀도 꿈틀거렸다. 마침 바이올린의 선율이 세 번 반복하여 가녀린 소녀의 비명처럼 흐르자 女子의 입이 그 선율에 맞춰 빠금거렸다. 男子는 침을 삼켰다. 클로즈업되어 다가오는 女子의 입술을 사정없이 빨고 싶었다. 그 구멍에 페니스를 넣고 마구 흔들어대고 싶었다. 그러나 男子는 눈을 감고 고개를 숙였다. 발기된 페니스가 언제 쪼그라들지 모를 일이었다. 벌써 일 년째였다. 성욕이 일지 않는 건 아니었다. 페니스가 일어서기는 하는데 왠지 금방 쪼그라들었다. 男子는 그 이유를 알 수 없었다. 단지 애인 강희가 떠난 뒤부터라는 것만 알고 있었다. 강희는 결혼을 하지 않으면 더 이상 섹스도, 만나지도 않겠다고 했다. 男子는 강희의 요구를 들어줄 수 없었다. 처음부터 강희는 男子가 독신주의자라는 것을 알고 있었다. 그런데도 男子를 떠나가며 독초 같은 말을 내뱉었다. 사랑이라고? 아니, 당신은 단지 배설만 원할 뿐이야! 강희와 헤어진 男子는 고통스러웠다. 실연의 슬픔 때문이 아니라 결혼만이 사랑의 완성이라고 믿는, 그런 여자를 사귀었다는 자책 때문에 슬펐다. 그러나 강희의 말은 왠지 男子를 따라다녔다. 가끔씩 보는 부모님이 언제까지 그렇게 혼자 살 거냐고 한숨을 쉴 때도, 직업상 처음 만나는 사람들이 아직 싱글? 하고 물을 때도 보란 듯이 떠올라 男子를 우울하게 만들었다. 심지어 마음에 드는 여자와 섹스를 할 때도 해일처럼 밀려들어 갑자기 성욕을 사라지게 했다. 당연히 어쩌다 하는 섹스도 아주 짧게 끝났다. 몇 번의 만남 뒤 섹스를 나눈 여자와 바로 연락이 두절된 뒤부터 男子는 섹스 자체가 두려웠다. 아니, 이제는 여자의 몸 안으로 들어가는 것이 불가능한 것처럼 여겨졌었다. 어느새 피아노와 바이올린 선율이 서로를 감싸안듯 부드럽게 협연을 펼치고 있었다. 점점 음역을 자유롭게 넘나들며 프렌치 키스라도 하듯 서로를 탐하기 시작했다. 한동안 선율에 빠져 몸을 이리저리 흔들던 女子도 어느새 男子 앞으로 바짝 다가와 서 있었다. 그러나 男子는 발기된 페니스를 잠재우기 위해 심호흡을 했다. 그러면서 서둘러 말했다.

톨스토이 소설 《크로이처 소나타》는 읽어봤지?

女子는 네, 하고 간단히 대답했다. 그러곤 다짜고짜 男子의 손을 잡아 자신의 가슴 부위에 얹었다. 부드럽고도 탄력 있게 출렁이는 느낌, 男子는 어쩔 수 없었다. 이래도 될지, 우려가 되었지만 女子의 둥근 가슴을 쓰다듬었다. 젖꼭지가 단단하게 뭉치며 한껏 도드라졌다. 이미 연주곡은 1악장 절정에 이르러 있었다. 피아노 선율이 숨 가쁘게 이어지고 그 사이사이 바이올린 선율이 격정적으로, 혹은 애타게 울려 퍼졌다. 女子의 눈빛 또한 응답을 기다리는 바이올린 선율처럼 달아올라 있었다. 男子는 훅, 하고 숨을 몰아쉬었다. 女子를 안고 싶은 마음과 아무래도 안 되겠다는 마음이 뒤엉켜 더욱 갈등이 일었다. 혼란스러웠다. 女子의 젖가슴에서 슬그머니 손을 떼고 탁자 위의 물컵을 집어들었다. 그것을 벌컥벌컥 마신 뒤 저만치 소파로 가 앉았다. 그러곤 女子를 향해 어색한 미소를 지었다. 의외로 女子가 활짝 웃어 보였다. 다행이었다. 그래도 男子는 이내 이건 아니라는 생각이 들었다. 이럴 바에는 처음부터 女子의 오피스텔로 따라들어오면 안 되는 거였다. 결국 男子는 자신이 앉아 있는 소파 옆자리를 손바닥으로 두어 번 두드렸다. 女子가 순순히 男子의 옆으로 와 앉았다. 이제 연주 음악은 1악장 막바지에 이르러 있었다. 종종걸음처럼 이어지던 피아노 소리와 한풀 꺾여 애처롭게 흐느끼던 바이올린 소리가 갑자기 불꽃이 튀듯 스타카토와 강렬한 악센트를 찍으며 접전을 벌였다. 잠시 뒤 쾅, 쾅, 쾅 세 번 힘차게 울리며 1악장의 막이

내렸다. 다시 2악장이 시작될 때까지 男子와 女子는 숨을 죽이고 침묵했다. 그리고 바이올린 선율이 팔랑거리는 나비처럼 그 침묵 속으로 날아들 때 女子가 먼저 입을 열었다.

멍청한 작품이야.

뭐가?

톨스토이의 《크로이처 소나타》.

왜?

정말 모르겠어요?

글쎄.

타락한 성애가 뭔데?

하긴.

톨스토이의 《크로이처 소나타》는 바람난 아내를 살해한 한 남자의 고백을 통해 타락한 결혼생활과 성애를 강력히 비난한 작품이었다. 그러니 '타락한 성애'가 무엇이냐고 묻는, 결혼생활 자체가 모순이라고 여기며 프리섹스를 즐기는 女子에겐 거론할 여지가 없는 이야기였다. 남자는 할 말이 없었다. 허를 찔린 기분이었다. 입을 꾹 다문 채, 차분히 가라앉은 회색빛 거리를 묵묵히 걷고 있는 사람의 마음처럼 담담하게 펼쳐지는 피아노 선율에 귀를 기울였다. 1악장이 아다지오(Adagio)로, 2악장이 안단테(Andante)로 연주된 것인데도 왠지 1악장에 비해 2악장이 더 안정적으로 느껴졌다. 너무 느리지도 빠르지도 않는 적당한 느림의 미학이 있기 때문인 것 같았다. 우아하고 정교한 아이아이의 먹이사냥에 비유한다면 1악장은 아이아이가 손가락으로 나무를 두드려 유충이 있는지 없는지를 알아내는 과정 같았고, 2악장은 유충 가까이의 나무 구멍을 앞니로 갉아 넓히는 과정 같았다. 男子는 아이아이의 갈고리손톱과 같은 3악장의 파이널 프레스토(Finale Presto) 선율을 미리 떠올리며 女子의 표정을 살폈다. 그러면서 갑자기 달라진 女子의 말투가 왜 조금도 이상하게 들리지 않는지 생각해보았다. 왠지 女子의 몸 안에 있다는 오키와 대화를 했기 때문인 것 같아 기분이 묘했다. 女子가 다시 말했다.

더 멍청한 건 뭔지 알아요?
뭐지?
솔직하지 못한 거, 당신처럼.

이번엔 심장을 찔린 기분이었다. 입에서 절로 윽, 하고 신음이 흘러나왔다. 그러나 男子는 기분이 나쁘지 않았다. 오히려 멍청하게 굴다가 뺨을 한 대 맞고 정신이 번쩍 든 느낌이었다. 속이 후련했다. 희한하게도 강희의 독초 같은 말까지 대수롭지 않게 느껴지며 女子와 섹스를 해도 괜찮을 것 같았다. 상대가 학대할수록 죄의식이 감소되어 더욱더 만족스런 오르가슴에 오르는 마조히스트(Masochist) 심리가 이런 것이 아닐까 싶었다. 男子는 용기를 내어 女子의 어깨에 팔을 둘렀다. 다른 한 손으로 女子의 얼굴을 끌어당겼다. 그러곤 부드럽게, 부드럽게 어루만지며 女子의 반응을 살폈다. 女子의 두 다리가 절로 벌어졌다. 입술도 촉촉한 꽃잎처럼 활짝 열렸다. 女子는 그 입술로, 그 가랑이로 男子를 부르고 있었다. 男子는 혀를 내밀어 女子의 입술을 핥았다. 젖은 女子의 혀가 男子의 혀를 맞이하여 안으로 끌어들였다. 男子는 女子의 가랑이도 입술처럼 흠뻑 젖어 있을 거라고 여기며 미끄러지듯 벌어진 다리 사이로 내려가 앉았다. 그러자 女子가 다리를 더 벌려 男子의 마음길을 유혹했다. 여자의 팬티가 축축하게 젖어 있었다. 男子는 세 번째 손가락 끝을 길게 파인 가랑에 자국에 대고 선을 따라 천천히 그어 내렸다. 女子가 움찔거리며 신음을 흘리자 재빨리 팬티를 끌어내렸다. 습기를 머금은 음모와 쾌감을 원하는 클리토리스, 그리고 한껏 물이 오른 채 수줍게 닫혀 있는 분홍빛 음순. 그 모든 것이 뜨겁게 달아올라 男子의 손길을 기다리고 있었다. 男子는 女子의 두 다리를 들어 자신의 양어깨 위로 걸쳐 올렸다. 女子의 분홍빛 음순이 활짝 열리면서 고여 있던 액체가 왈칵 흘러나왔다. 男子는 혀를 둥글게 내밀어 천천히 음모를 쓸어올린 뒤 액체를 부드럽게 핥았다. 자신의 페니스가 더없이 단단하게 일어서는 것을 느끼며 혀를 뾰족하게 빼고 클리토리스 주변을 강하게 찔렀다. 女子의 몸이 한순간 축 늘어지는 것이 감지되었다. 음순을 잘근잘근 씹다가 뜨거운 입김을 구멍으로 불어넣었다. 그때, 女子가 몸을 뒤틀며 男子의 어깨 부위에 날카로운 열 개의 손톱을 박았다. 그러곤 세 번째 손가락만 들어올렸다. 유충이 있는지 없는지 알아보는 아이아이처럼 피아노 리듬에 맞춰 男子의 어깨뼈를 두드리기 시작했다. 女子의 손가락은 점점 빠르게 움직였고, 男子는 더욱 흥분되었다. 男子는 거친 숨결을 뿜어내며 女子의 음순을 헤집었다. 벌어진 틈새 깊숙이 혀를 밀어넣었다. 그러나 女子가 느닷없이 男子의 머리채를 잡아챘다. 깜짝 놀라 얼굴이 들린 男子는 왜? 하는 표정으로 女子를 바라보았다. 한껏 흥분한 男子를 내려다보며 女子가 물었다.

말해봐, 이게 타락한 성애야?

아니, 하고 분명한 소리로 대답하는 것이 정답이었다. 그러나 男子는 이제 그런 얘기는 그만하고 싶었다. 무슨 말을 하려는지 알고 있다는 표시로 오키, 오키! 하고 농담조로 중얼거렸다. 낮게 가라앉아 일정한 음을 내고 있는 피아노 선율 위로 날카롭게 고조된 바이올린 선율이 울려 퍼졌다. 女子는 男子의 얼굴에 시선을 고정시키고 바이올린 선율에 맞춰 고개를 이리저리 돌렸다. 잠시 뒤 다시 피아노의 반격이 시작되자 달려들듯 男子의 입술을 덮쳤다. 남자도 거칠게 맞서 女子의 입술을 탐했다. 피아노와 바이올린의 선율은 한동안 서로를 공격했다. 때로는 상대를 원망하듯, 때로는 칭얼대듯, 때로는 서로에게 자신의 마음을 헤아려달라는 듯, 때로는 스스로를 달래듯. 드디어 피아노와 바이올린이 일체가 되어 잠시 같은 리듬을 타는 사이, 男子의 입술이 女子의 뺨으로 옮겨가자 女子가 신음을 흘리며 속삭였다.

톨스토이는 이 연주곡의 명예를 훼손시켰어.

男子는 이번에도 대꾸하지 않았다. 그저 고개를 두어 번 끄떡였다. 男子는 섹스에 충실하고 싶었다. 女子에게 최대한 만족감을 주려면 집중력이 필요했다. 페니스가 일찍 쪼그라드는 것을 감안해 대신 긴 전희를 갖는다면 충분한 섹스를 나눌 수 있을 터였다. 대충 고개를 끄덕인 男子는 女子

의 목에 얼굴을 묻었다. 그러자 女子의 손이 男子의 셔츠를 벗기고 맨몸을 쓰다듬었다. 男子도 女子의 블라우스 단추를 풀고 하얗게 드러난 젖가슴을 주물렀다. 점점 한쪽으로 기울어지는 女子의 몸을 똑바로 눕히고 블라우스를 마저 벗겨냈다. 女子의 몸 위로 기어오르며 스커트의 지퍼를 열고, 그것을 발로 끌어내렸다. 너무나도 하얗고, 너무나도 부드러운 피부에 맨살이 닿자 행복감에 온몸이 근질거렸다. 피아노와 바이올린 선율도 어느덧 서로를 어르고 희롱하는 것 같이 흐르고 있었다. 男子는 문득, 女子가 의도적으로 이 크로이처 선율에 맞춰 섹스를 하며, 그것을 즐기고 있는 게 아닌가 하는 생각이 들었다. 새롭고 특별한 시간이 될 것 같았다. 그 기대감에 들떠 女子처럼 크로이처 선율에 빠져 몸을 움직이기 시작했다. 그러자 새삼, 연주곡에 담긴 베토벤의 감정이 생생하게 다가오는 것 같았다. 그 감정 선이 진정성과 맞닿아 있다는 생각도 들었다. 급기야 톨스토이의 소설, 《크로이처 소나타》를 비평한 어느 평론가의 말도 떠올랐다. 진정한 소통을 방해하는 것은 거짓입니다! 그러니 이 연주곡을 교태뿐인 나쁜 음악이라고 말한 톨스토이는 분명 연주곡의 진정성을 훼손시키는 오류를 범한 것이었다. '교태=나쁜 것' 이라는 것도 이해할 수 없는 발상이었다. 아무튼 생각이 거기에 이르자 男子는 숙연해졌다. 점점 더 마음이 편치 않았다. 그렇다면 자신에게도 문제가 있었다. 女子와 달리 자신의 섹스엔 진정한 소통이 빠져 있었다. 거짓이었다. 페니스가 일찍 쪼그라들 것을 우려하는 자체가 톨스토이의 오류에서 벗어나지 못했다는 증거였다. 스스로 독신주의를 고수하는 것만큼, 진정 이 사회의 과도한 도덕성에서 벗어나 있었다면 강희의 독초 같은 말 따위엔 아무런 타격도 받지 않았어야 했다. 너무 많은 것이 혼재된 느낌, 男子는 女子의 몸을 탐하는 게 부끄러웠다. 女子의 젖꼭지를 입에 물고 잔잔한 피아노 선율에 맞춰 혀끝으로 살짝살짝 건드리다가 女子를 올려다보았다. 페니스가 쪼그라들고 있었다. 뭔가 골똘히 생각에 잠겨 있던 女子가 활짝 미소를 띠며 말했다. 배고파, 뭘 좀 먹어야겠어. 男子는 마음을 들킨 것 같아 멍했다. 어찌할 바를 모르고 잠시 머뭇거렸다. 그러나 女子에게 최선을 다하고 싶었다. 이대로 끝낼 수 없다는 생각을 하며 다시 女子의 목덜미에 얼굴을 묻었다. 그런 男子를 향해 女子가 속삭였다.

당신도 이 연주곡의 명예를 훼손시킬 건가요?
그냥 계속 하고 싶을 뿐이야.
아직 준비되지 않았잖아.

낭패였다. 女子가 먼저 슬쩍 몸을 뺐고 男子도 女子의 몸에서 떨어져 나왔다. 男子는 섹스가 만족스럽지 않자 연락을 끊어버린 여자가 떠올랐다. 갈등이 심했다. 이대로 물러나야 하나. 그러나 女子가 하얀 나체에 그대로 실내 가운만 걸치고 男子에게도 가운을 건넸다. 이제 벗어놓은 옷을 도로 다 입고 女子의 오피스텔을 나가야 할 것 같았던 男子는 머쓱했다. 女子가 손을 잡아끌고 식탁 의자에 앉힐 때서야 집으로 돌아가지 않아도 된다는 것을 알아차렸다. 아니, 그러면 오히려 女子에게 예의가 아니라는 것을 느꼈다. 女子는 냉장고에서 계란과 베이컨을 꺼내며 말했다. 함께 맛있는 음식을 먹으면 더 멋진 시간을 가질 수 있을 거야. 아, 이제 곧 3악장이 시작될 텐데 아꼈다가 이따 들어야겠어요. 당신 음악 좀 꺼줄래? 女子의 말에 男子는 안심했다. 한층 마음이 편안해졌다. 밝은 목소리에 기분까지 좋아졌다. 즉시 자리에서 일어나 오디오 앞으로 갔다. 바이올린 소리가 아스라이 여운을 남기고 사라지는 2악장의 마지막 부분이 끝나자 일시정지 버튼을 눌렀다. 그리고 뒤돌아서서 도자기 그릇 안쪽에 베이컨을 두르고 그 가운데다 계란을 깨어 넣고 있는 女子를 바라보았다. 그동안의 여자들과 완연히 다른 女子의 모습이 감동스럽게 다가왔다. 한 피디가 솔직하고 당당해서 오히려 멋지다고 한 말의 이유를 알 것 같았다. 女子는 매순간 솔직했다. 거짓이 없었다. 섹스조차 진정한 소통이 아닐 땐 하지 않았다. 그런 식의 프리섹스라면 문제될 것이 없었고, 그렇게 거짓이 없기에 당당할 수 있는 女子와 함께 있는 것은 행복한 일이었다. 게다가 女子는 상대를 배려하는 마음도 깊었다. 男子는 女子를 소개해준 한 피디가 고맙기까지 했다. 즐거운 마음으로 女子의 요리를 도왔다. 그릇을 오븐에 넣고, 식빵을 자르고, 바나나를 썰었다. 그런데 女子가 바나나를 시럽과 함께 섞으며 아차, 하고 말했다.

어쩌죠? 이건 우유하고 먹어야 하는데.

우유를 안 먹어도 될 것 같았지만 男子는 흔쾌히 우유를 사러 나갔다. 자정이 지난 거리는 한산했다. 거의 모든 상점이 문을 닫았고 편의점은 버스정류장 앞에 있었다. 공원을 가로질러 길을 건넌다면 바로였다. 그래도 자동차를 타고 다녀오는 게 나았지만 男子는 그냥 걸었다. 바람이 상쾌했다. 공원으로 들어서자 나무 향기에 머리가 맑아지는 것 같았다. 男子는 심호흡을 하며 산책하듯 천천히 걸어갔다. 男子가 우유를 사오는 동안 女子는 샤워를 한다고 했고, 男子도 바람을 쐴 겸 다녀오겠다고 했으니 서두를 필요는 없었다. 男子는 머릿속에 남아 있는 크로이처 선율을 흥얼거리며 두 갈래로 갈라지는 지점까지 내처 걸어갔다. 왼쪽 길은 좁고 구불구불하게 이어졌고, 오른쪽 길은 비교적 넓으며 군데군데 벤치가 놓여 있었다. 男子는 왼쪽 길로 들어섰다가 왁자지껄한 인기척이 느껴져 다시 나와 오른쪽 길로 들어갔다. 두 번째 벤치에서 턱시도 고양이 한 마리가 웅크리고 앉아 있다가 황급히 달아났다. 첫 번째, 두 번째, 세 번째 벤치를 지나친 男子는 네 번째 벤치에 앉았다. 그곳에서 하늘을 올려다보았다. 그때, 뒤쪽 어디선가 남자의 거친 욕설에 이어 여자의 흐느끼는 소리가 들려왔다. 당신이 싫다고 했잖아, 내가 다른 여자와 자겠다고 경고했지? 씨발, 그런데 이제 와서 왜 지랄이야! 사람이 없을 것 같아 들어선 길이었기에 男子는 짜증이 났다. 얼른 벤치에서 일어나 자리를 떴다. 거친 욕설이 생각보다 오랫동안 등 뒤를 따라붙었다. 밤에는 공원으로 다니지 말라고 女子에게 충고를 해야겠다는 생각을 하며 男子는 서둘러 공원을 빠져나갔다. 그런데 편의점 앞에는 더욱 눈살이 찌푸려지는 장면이 펼쳐져 있었다. 젊은 남녀와 지팡이를 든 한 노인이 씩씩거리며 말다툼을 벌이고 있었다. 男子는 그들을 피해 편의점 안으로 들어갔다. 저지방 우유를 집어들고 지체 없이 계산대로 향했다. 그러자 편의점 직원이 히죽히죽 웃으며 묻지도 않은 이야기를 해댔다. 젊은 남녀가 길에서 키스를 하고 있는데 지나가던 노인이 다짜고짜 지팡이를 휘둘렀다고. 그게 뭐가 그리 신이 나서 히죽거리는 건지, 男子는 편의점 직원의 웃는 모습이 멍청해 보였다. 그의 얼굴을 빤히 쳐다보며 계산이나 합시다, 하고 말했다. 그러나 그는 바코드를 찍으면서 기어코 한마디를 더 내뱉었다.

저런 애들은 한번 혼이 나야 해.

왜? 하고 묻고 싶었지만 男子는 대꾸조차 하지 않았다. 거스름돈을 챙겨 도망치듯 편의점을 빠져나갔다. 마침 경찰관 두 명이 경찰차에서 내리고 있었다. 그들은 노인보다 젊은 남녀를 더 제지했다. 男子는 시비를 벌인 사람들이 경찰서로 연행되면 어떤 죄목에 해당될지 궁금했다. 노인은 폭행이라고 할 수 있지만 남녀는 어떨지. 지금은 교육부의 예산을 늘려달라고 백여 명의 학생이 거리에서 키스 시위를 하고, 그것을 바라보는 시민들이 박수갈채를 보내는 시대였다. 아무튼 남자는 젊은 남녀가 훈방으로 끝나기를 바라며 걸음을 재촉했다. 그리고 부부가 아직도 싸움을 하고 있을 것 같아 공원으로 들어서지 않았다. 대로를 따라 걸으며 주변을 구경했다. 그러다가 전등을 켜놓은 채 셔터만 내려진 제과점 앞을 지나치며 언젠가 들었던 한 피디의 에피소드를 떠올렸다. 여름 장마가 계속되던 어느 날, 이십 대의 한 피디는 결혼을 약속한 여자와 데이트를 했었다. 그는 한강 둔치로 차를 몰았고, 차 안에 앉아 비가 내리는 한강을 바라보며 미래에 대한 이런저런 이야기를 했다. 그러다가 어쩌다 보니 카섹스까지 하게 되었다. 한 번쯤 카섹스를 해보고 싶었던 한 피디와 여자는 몹시 흥분하여 절정에 이르렀다. 그런데 바로 그때 누군가 손전등으로 한 피디의 벗은 엉덩이를 환하게 비추며 차창을 두드려댔다. 경찰관이었다. 한 피디는 여자와 함께 경찰서로 연행되었다. 죄목은 경범죄였다. 한 피디는 조서를 쓰는 동안 어찌나 웃음이 나던지 죽을 뻔했다고 깔깔거리며 얘기를 했었다. 男子는 그런 한 피디의 모습이 떠올라 히죽히죽 웃음을 터뜨렸다. 그러나 횡단보도 앞에 이르자 정색을 하고 웃음을 거뒀다. 교복을 입은 한 여학생이 잔뜩 긴장한 채 힐끔거리고 서 있었다. 자정이 넘은 시간에 히죽히죽 웃으며 다가오는 男子를 봤으니 그럴 만도 했다. 男子는 불안해할 거 없다고 말해주고 싶었지만 오히려 더 이상하게 생각할 것 같아 가만히 있었다. 가능한 한 멀리 여학생에게서 떨어져 휴대폰을 열고 문자메시지를 확인했다. 그래도 여학생은 녹색등으로 신호가 바뀌자마자 마구 달려갔다. 여학생의 행동을 이해할 수 있었다. 흉흉한 세상이었다. 특히 성폭행 사건은 어디서건, 어떤 경우에건 가리지 않고 일어났다. 선생이 학생을, 직장 상사가 부하 직원을, 목회자가 신도를, 의사가 환자를, 교도관이 재소자를, 매니저가 연예인을, 선배가 후배를, 삼촌이 조카를, 동네 이장이 산골 소녀를. 그렇듯 상대적 약자에겐 안전지대란 없었다. 심지어 어느 사회복지시설의 원장은 자신이 돌보는 장애 소녀를 오 년이나 성폭행하다가 점점 말을 듣지 않자 때려죽였다. 그리고 자신과 같은 짓을 일삼던 지도교사와 함께 산에다 묻어버렸다. 그런데 칠 년 뒤에 발각이 되었다. 그 발각된 과정이 어처구니가 없었다. 시체 유기를 도운 지도교사의 딸이 엠티를 갔다가 동급생들에게 집단 성폭행을 당한 것이었다. 지도교사는 자신의 딸이 자기 대신 벌을 받았다는 죄책감에 시달렸다. 곧 후회의 눈물을 흘리며 유서를 남기고 자살을 했다. 그 유서에 원장과 주변 인물들의 더러운 행실이 고스란히 담겨 있었다. 그랬는데 더 어처구니없는 일은 다른 뉴스로 인해 그 사건이 묻혀버린 것이었다. 그날 저녁 여섯 시, 텔레비전 뉴스 화면에는 지나치게 노골적이고 야한 작품을 만들어 사회에 물의를 일으켰다는 이유로 한 명의 소설가와 두 명의 화가가 검찰에 구속되는 장면이 방송되었다. 반면에 수십 년간 많은 장애아를 성폭행한 원장은 사회 최고위층의 동생을 둔 탓인지 크게 거론되지 않았다. 검찰은 타락한 사회의 기강과 질서를 바로잡기 위해 불가피하게 예술작품에 대해서도 검열을 계속해나갈 것이라고 목소리를 높였다. 그 당시, 검열에 걸린 소설 작품을 폐기 처분하지 않고 맞서 싸우다가 세무조사를 당해 문을 닫은 출판사의 이름을 떠올리며 男子는 횡단보도를 건넜다. 인동초忍冬草였다. 겨울에도 잎이 지지 않고 줄기가 파랗게 살아 있어 붙여진 식물의 이름이었다. 男子는 그 출판사 사장이 어디선가 인동초가 되어 힘든 시간을 버티고 있을 것 같아 가슴이 먹먹했다. 그를 위해 마음속으로 외쳤다.

인동초, 파이팅!

우유가 든 봉지를 단단히 붙잡고 걸음을 재촉했다. 오피스텔 건물 입구까지 빠르게 성큼성큼 걸어갔다. 로비의 우편함을 지나, 안내데스크를 지나고 모퉁이를 돌아 엘리베이터가 있는 곳으로 다가갔다. 엘리베이터 앞에 늙은 여자와 젊은 여자가 나란히 서 있었다. 늙은 여자의 얼굴에는 수심이 가득했고, 젊은 여자의 얼굴은 침통했다. 男子는 두 사람이 올라간 다음에 엘리베이터를 타야겠다는 생각이 들었다. 모퉁이를 되돌아나와 그들이 보이지 않는 곳에 서 있었다. 그러나 들으려 하지 않아도 그들의 말소리가 들려왔다. 늙은 여자가 말했다. 이년아, 그래서 부부는 죽으나 사나 한 베개를 베고 자라는 거야, 그렇게 잠자리를 거부할 거면 왜 결혼을 했어, 이제 어쩔 거야? 젊은 여자가 울먹이며 말했다. 그렇다고 다른 여자랑 자? 그냥 이혼할 거야. 늙은 여자는 어휴, 어휴 연거푸 한숨을 내쉬었다. 젊은 여자는 미안해, 엄마, 하며 흐느껴 울었다. 男子는 여자가 공원에서 흐느끼던 사람인 것을 알 수 있었다. 그렇다면 욕을 하던 남편은 어디로 갔는지, 男子는 주변을 둘러보았다. 그사이, 엘리베이터 문이 열리는 소리와 그들이 그 안으로 들어가는 소리, 다시 닫히는 소리가 차례로 들려왔다. 男子는 그때서야 천천히 엘리베이터 앞으로 다가가 버튼을 눌렀다. 엘리베이터는 13층에서 멈췄다가 다시 내려왔다. 잠시 뒤 엘리베이터를 탄 남자는 17층을 눌렀다. 그런데 닫히려던 문이 갑자기 다시 열리면서 누군가 황급히 안으로 들어왔다. 그는 등을 보이고 서서 13층을 눌렀다. 흐느끼던 여자의 남편인 것 같았다. 그는 어깨를 들썩거리며 씩씩, 소리를 내어 숨을 쉬었다. 신경질적으로 머리카락을 긁어넘기며 엘리베이터에서 내렸다. 발소리도 쿵쿵거렸다. 男子는 그의 모습이 끔찍했다. 강희를 떠나보내길 정말 잘했다는 생각이 들었다. 그렇게 한 것이 男子가 진정 원하는 것이었고, 곧 자연自然이라고 확신했다. 그건 단순히 독신주의자이기 때문인 것과는 다른 얘기였다. 결혼이, 사랑이 존재하지 않는 한 편의 사기행위라는 톨스토이의 극론이 아니라, 사랑의 존재를 확인하고 싶은데 아무리 둘러봐도 거짓뿐이라서 그게 안 되니까, 하는 이 시대에 대한 반항과 역설이었다. 어쩌면 톨스토이도 그런 이야기를 하고 싶었던 게 아닐까. 생각이 거기에 이르자 그동안 선명치 못했던 많은 생각들이 한꺼번에 정리되었다. 男子는 속이 후련했다. 머릿속이 맑아지는 것 같았다. 우유가 든 봉지를 왼손으로 바꿔 들고 엘리베이터에서 내렸다. 앞뒤로 흔들거리며 복도를 걸었다. 왼손도 오른손만큼이나 자연스럽게 움직였다. 한결 가벼운 마음으로 女子의 오피스텔 초인종을 눌렀다. 女子는 방금 욕실에서 나온 듯 수건으로 젖은 머리를 털며 반갑게 맞아주었다. 그리고 男子가 우유가 든 봉지를 내밀자 상큼하게 웃으며 말했다.

우유만 사온 게 아닌 거 같아요.

男子도 그런 것 같았다. 우선 불안감이 없었다. 그 때문에 매 순간이 투명하고 생생하게 다가왔다. 음식을 차리고 있는 女子의 움직임 하나하나를 한층 깊어진 눈빛으로 바라보고 있는 스스로가 느껴졌다. 이제 어머니의 한숨 소리도, 지인들의 눈길도, 그 어떤 강요와 틀도 허허실실로 받아낼 수 있을 것 같았다. 강희의 독초 같은 말도 해독이 된 것 같았다. 男子는 밝은 표정으로 식탁에 앉았다. 식탁 위에는 이게 설마 아까 내가 오븐에 넣은 거냐고 물어보고 싶을 정도로 먹음직스러운 음식이 차려졌다. 女子가 베이컨이 말린 계란에 달콤한 시럽을 뿌렸다. 그것을 잘라 한 조각을 포크로 찍은 다음 男子에게 내밀었다. 男子는 손톱으로 유충을 찍어 먹는 아이아이의 정교하고 우아한 모습을 떠올리며 그것을 받아먹었다. 달콤했다. 男子의 흡족한 표정을 본 女子가 자리에서 일어나 오디오 쪽으로 갔다. 일시정지시켜 놓았던 크로이처를 다시 재생시켰다. 3악장의 파이널 프레스토 선율이 울려 퍼지기 시작했다. 피아노 소리가 짧지만 강한 화음으로 한 번 울렸다. 곧이어 잔잔하지만 빠른 터치로 경쾌하게 이어지는 피아노 선율과 그것을 감싸듯 손길을 내미는 바이올린 선율이 다정하게 하나로 어우러졌다. 男子는 문득 톨스토이가 크로이처를 듣지 않고 《크로이처 소아타》를 쓴 게 아닐까 하는 의문이 들었다. 어떻게 이 음악을 듣고 '인간의 마음을 초초하게 할 뿐' 이라는 표현을 했는지. 男子는 3악장이 가장 편안해! 하고 중얼거렸다. 그때 女子가 말했다.

3악장은 칠 분 칠 초예요.

男子가 물었다.

2악장은?

女子가 말했다.

십삼 분 오십삼 초.

男子가 다시 물었다.

그럼 1악장은?

女子가 다시 말했다.

십일 분 십 초.

별 의미 없는 이야기였다. 그러나 어떤 이야기보다 의미가 담겨 있는 대화였다. 반복되는 질문과 대답을 하면서 男子와 女子는 서로의 숨결을 느꼈다. 그리고 그것을 즐겼다. 3악장이 끝날 때까지, 식탁 위에 차려진 음식을 다 먹어치울 때까지 두 사람은 아무 말도 하지 않았다. 서로의 눈길을 붙잡고, 서로의 눈길에 사로잡혀, 서로의 손길을 갈구했다. 마음길을 애무했다. 이미 자연에 든 크로이처의 선율에 빠져 행복한 미소를 지었다. 이제 3악장도 막바지에 이르러 있었다. 바이올린 선율이 길게 끌며 음을 이어나갈 때 男子는 생각했다. 女子가 말하는 준비된 섹스는, 거짓 없이 진정한 소통이 이루어지는 섹스는 어떤 느낌일까. 男子는 상상했다.

햇살이 찬란하다. 나뭇잎 사이로 보이는 하늘은 눈이 부시고, 초록색 커튼이 바람에 날린다. 그 아래 하얗고 긴 두 육체가 입술을 맞닿은 채, 가슴을 맞닿은 채, 다리를 맞닿은 채 눈을 감고 있다. 서로의 숨결을 은밀하게 희롱하며, 서로의 마음길이 활짝 열리기를 기다리고 있다. 한순간, **男**의 페니스가 **女**의 음순을 열고 안으로 절로 미끄러진다. 빈틈없는 삽입에 **女**가 몸을 뒤튼다. **男**이 외친다. 안 돼, 안 돼, 안 돼! **女**가 움직임을 멈춘다. 그러나 **男**도 어느새 혀로 **女**의 목덜미를 핥고 있다. **女**가 속삭인다. 안 돼, 안 돼, 안 된다고요. **男**이 혀를 거둔다. 움직임을 멈춘다. 침묵이 이어진다. **男**과 **女**의 숨소리만 점점 달아올라 크로이처 선율과 하나가 된다. 마침내 초록색 커튼이 크게 펄럭인다. 따가운 햇살이 **男**의 등뼈를 찌른다. 그것을 신호로 거짓이 없는 **男**이 위아래로 움직인다. 거짓이 없는 **女**가 거짓 없는 **男**의 허리에 다리를 휘감는다. 숨을 헐떡이며 속삭인다. 비명을 지르게 해줘!

정확히 칠 분 칠 초가 흐르고 3악장이 끝났다. 그러자 女

子가 자리에서 일어났다. 男子는 퍼뜩 상상을 멈추고 女子를 바라보았다. 페니스가 터질 듯 부풀어 오르고 있었다. 女子가 오디오의 리플레이 버튼을 눌렀다. 다시 베토벤 바이올린 소나타 9번 가장조 크로이처 1악장이 아다지오 선율로 흐르기 시작했다. 십일 분 십 초 뒤엔 2악장이 안단테 선율로, 그다음 십일 분 오십삼 초 뒤엔 3악장이 프레스토 선율로 흐를 것이었다. 그런데 이상했다. 男子는 연주곡이 새롭고 낯설게 느껴졌다. 왠지 생명을 일깨우는 소리처럼 다가와 페니스가 절로 꿈틀거렸다. 가만히 앉아 있을 수 없었다. 女子와 눈이 마주치자 의자에서 벌떡 일어났다. 사이, 女子의 몸을 감싸고 있던 실내 가운이 스르륵 바닥으로 흘러내렸다. 눈부시게 하얀 여체를 보며 男子는 생각했다. 딜레마는 단순하다. 앞으로 밀고 들어갈 것인지, 뒤로 치고 빠질 것인지, 옆으로 에둘러 다가갈 것인지. 이도 저도 아니면 그대로 멈춰서 상대가 다가오길 기다릴 것인지. 그다음의 딜레마 역시 단순하다. 세 번쯤 속삭이고 움직일 것인지, 여섯 번쯤 숨결을 고르고 움직일 것인지, 아홉 번쯤 부드럽게 쓰다듬고 움직일 것인지. 이도 저도 아니면 그대로 멈추고 상대가 먼저 움직이길 기다릴 것인지. 그러나 男子는 잘 알고 있었다. 손길이 열리고, 마음길이 열리면 단순한 딜레마 역시 자연이 된다는 것을. 상대의 입에서도 절로 비명이 터져

나온다는 것을. 이제 女子의 몸 안으로 들어가 으르렁거릴 때였다.

제목 따위는 생각나지 않아

한유주

1982년 서울에서 태어나, 홍익대 독문과를 졸업하고,
서울대 미학과 대학원을 수료했다.
2003년 단편 〈달로〉로 《문학과사회》 신인문학상을
수상하며 등단했다. 2009년 단편 〈막〉으로
제43회 한국일보문학상을 수상했다.
시, 희곡과는 다른 소설만의 고유한 장르성이
어떻게 획득되는지에 대한 궁금증으로 소설을 쓰고 있다.
소설집으로 《달로》《얼음의 책》이 있다.
서울예대 문예창작과에서 세계문학강독을,
한국예술종합학교 서사창작과에서 글쓰기를
강의하고 있다. 김태용, 최하연 작가 등과 함께
텍스트의 경계를 실험하는 문학동인 〈루〉 활동을 하고 있다.

믿음이 착각이었다는 사실이 드러날 때, 그런 때는 아주 많지. 그 집을 생각하면 주방 싱크대 위에 걸려 있던 작은 프라이팬 두 개가 생각나. 하나는 노랑 하나는 분홍이었지. 하나는 직사각형이었고 하나는 정사각형이었는데 둘 다 크기가 어른 손바닥 한 개를 넘지 않았어. 프라이팬이 걸려 있는 식기건조대 뒤로 작은 창문이 하나 있었어. 그 창문을 통해서는 옆 건물의 시멘트 벽과 창문 반쪽이 내다보였지. 그 집의 명목상 주인이었던 그녀는 환기를 시킨다는 이유로 주방 창문을 열어두는 일이 많았고 어떤 밤이면 열린 창문을 통해 옆 건물 2층에 세 들어 살고 있던 부부 혹은 연인이 주고받는 가쁜 호흡 소리가 들려오기도 했어. 나는 그 소리를 좋아하지 않았고 그녀는 그 소리를 아무렇지도 않게 여겼어. 그런 이유로 주방의 창문은 한겨울을 제외하고는 거의 항상 열려 있었고 건물 사이에서 길을 잃은 바람이 들어올 때면 두 개의 프라이팬이 흔들리며 부딪쳤고 그러면 풍경 소리와 닮은 맑고 깨끗한 소리가 났어. 나는 그 소리를 들을 때마다 웃지 않을 수 없었지. 맑은 소리, 고운 소리, 어쩌고 하던 옛날 피아노 광고음악이 떠올라서였어. 그녀는 노란 프라이팬으로는 계란말이를 만들었고 분홍 프라이팬으로는 아무것도 요리하지 않았어. 사실 노란 프라이팬은 계란 따위의 식재료가 불에 타 눌어붙은 얼룩 때문에 노랗다기보다는 시커멓게 보일 정도였어. 모든 공산품의 말로는 이런 식이야, 하고 그녀가 말한 적이 있었어. 각기 다른 방식으로 순식간에 못 쓰게 되어버리거나 아니면 꼴도 보기 싫을 정도로 추해지는 거야, 하며 그녀는 분홍색 쓰레기봉투에서 양파와 계란 등속과 함께 분홍색 프라이팬을 꺼냈지. 요새는 슈퍼마켓에서 검정 비닐봉투 대신 종량제 쓰레기봉투에 상품을 담아주더군, 새로 산 식재료를 쓰레기봉투에 담아 가지고 오는 기분이 어떨 것 같아, 하고 그녀가 말했어. 그 순간에도 열려 있던 주방 창문으로 바람이 불어 들어왔겠지만 그때는 아무런 소리도 들리지 않았어. 착각일 수도 있고. 그녀는 얌전히 걸린 노란 직사각형 프라이팬 옆에 새로 산 분홍 정사각형 프라이팬을 걸어두었지. 그리고 내가 그 집을 나올 때까지 이틀 동안 그녀는 단 한 번도 분홍 프라이팬으로 요리하지 않았어. 분홍 프라이팬에는 불에 그을린 자국이 남지 않았어. 분홍색은 그대로 분홍색이었어. 적어도 내가 그 집에서 나올 때까지 이틀 동안 분홍 프라이팬은 가끔씩 노란 프라이팬과 부딪치며 묘하게 맑고 투명한 소리를 내는 데나 사용되었어. 그런 것도 공산품의 말로라 부를 수 있을까, 그녀가 각종 생필품을 사서 담아온 쓰레기봉투에 일주일 치의 생활쓰레기를 담아 집 밖으로 내놓을 때마다 내 손에는 담뱃재 냄새가 진하게 배어들고는 했어. 남자고 여자고 가릴 것 없이 그렇게 담배를 많이 피우는 사람은 처음 보았지. 그녀는 담배를 물고 있다가도 새 담배를 꺼내 불을 붙이곤 했는데 마치 이미 담배를 피우고 있었다는 사실을 잊어버린 사람처럼 보였어. 재떨이를 비우는 것은 나의 몫이었고 쓰레기통에 재가 흩어지지 않도록 조심스레 재떨이를 거꾸로 들고 탁탁 털 때마다 나는 재의 무게를 감각하려는 무용한 시도를 하기도 했지. 재떨이는 빠르게 채워졌고 나는 빠르게 비워졌어. 나와 재떨이는 서로 속도라도 경쟁하듯 비우고 채우기를 혹은 채우고 비우기를 반복했지. 그녀도 나름대로 사물의 질서를 고려했겠지만 내가 보기에 그녀는 청소 혹은 정리정돈과는 영 거리가 멀어 보였어. 바닥에는 쌓이다 못해 뭉쳐진 먼지공이 굴러다녔고 의자 밑에는 휴지조각들과 종이 비듬, 머리카락 등이 마구 쌓여 있었어. 내가 재떨이를 비우는 일을 도맡지 않았더라면 그녀의 집은 담뱃재로 질식했을지도 몰라. 그녀의 집에서 깔끔하다고 말할 수 있는 곳은 주방뿐이었어. 그릇과 컵 들은 말끔하게 닦여 선반에 가지런히 놓여 있었지. 타일로 마감된 벽은 기름얼룩 하나 없이 깨끗했어. 설거지용 스펀지는 주방 창문 앞 창틀에 네모지고도 야무지게 놓여 있었어. 그녀는 가끔 담배를 입에 문 채로 설거지를 하기도 했고 그러면 나는 타들어가는 담배 끝에 매달린 재가 어디로 떨어질까 궁금해하지 않을 수 없었지. 그런데 지금 내 이야기를 처음부터 끝까지, 아니 언젠가부터 지금까지 듣고 있는 당신은 대체 누구십니까.

아무려나 내가 그 집에서 나오게 된 경위를 말할 차례가 되었군. 어느 날 저녁이었어. 여름이었지. 그녀는 피곤한 얼굴로 분홍색 쓰레기봉투를 들고 집으로 돌아왔어. 쓰레기봉투 사이로 대파 한 단이 비죽 나와 있었어. 사온 것들을 냉장고에 아무렇게나 넣으며 그녀는 집에 오는 길에 카페에 들러 팥빙수를 먹었다고 말했어. 그런데 카페의 점원이 2인분의 팥빙수만 주문이 가능하다고 했다는 거야. 그녀는 팥빙수 2인분을 혼자 다 먹어치웠다고 했어. 얼음은 녹으면 물이 되니까 배가 불러봤자 얼마나 부르겠냐고 생각했던 거야. 한낮의 더위로 얼음보다 먼저 녹아 없어질 지경이었던 그녀는 호기롭게 2인분의 팥빙수를 주문했겠지. 카페의 점원은 잊지 않고 두 개의 스푼을 쟁반에 얹어놓았겠지. 그녀의 생각이 옳았어. 얼음은 녹으면 물이 되니까 헛배나 부르고 말 거라는 생각이. 어쨌거나 그녀는 2인분의 팥빙수를 모조리 삼켰고 근처 슈퍼마켓에서 장을 본 뒤 집으로 돌아왔지. 그녀가 현관문을 열고 닫을 때 생겨난 공기의 흐름이 나란히 걸려 있던 분홍과 노랑 프라이팬을 흔들었고 현관문이 닫히고 난 뒤에도 한동안 프라이팬들끼리 부딪치는 소리가 비닐 쓰레기봉투가 서걱거리는 소리 사이로 들려오고 있었지. 그녀는 내게 저녁을 먹었느냐고 물었고 나는 저녁을 먹지 않았다고 대답했고 그녀는 화장실로 들어가 세수를 하고 소변을 본 뒤 곧장 침대로 가서 누워버렸어. 바람이 불지 않았고 두 개의 프라이팬은 진동을 멈추었고 나는 배가 고픈지 고프지 않은지 알 수 없는 애매한 상태로 침대로 다가가 그녀의 옆에 누웠어. 그녀는 벌써 곤히 잠들어 있었고 나는 그녀의 오른쪽에 가만히 누워 베갯잇에 배어든 담배 냄새를 맡았어. 온몸이 까칫거리는 기분이 들었고 잠은 오지 않았고 마침내 배가 고프다는 생각이 들었지. 그러는 동안에도 그녀는 황망한 잠을 이어갔고 날 선 꿈이라도 꾸는지 가끔씩 몸을 뒤치며 알아들을 수 없는 잠꼬대를 중얼거렸어. 나는 침대에서 몸을 일으켜 창문을 약간 열었고 그제야 실바람이 불어와 고온의 여름밤을 약간이나마 식혀주었어. 나는 그녀가 먹은 팥빙수가 어떤 형태로 그녀의 위장에 고여 있을지를 생각하면서 잠을 자려고 노력했어. 나는 전혀 요리를 할 줄 몰랐는데 여기에는 전기밥솥의 스위치를 켠다거나 전자레인지의 조리 버튼을 누른다던가 하는 행위도 포함되어 있었지. 파를 썹을까, 무를 썹을까 고민하는 사이, 비가 내리기 시작했어. 난데없이 비가 거칠게 내리기 시작했지. 열린 창문으로 빗줄기가 들이치기에 나는 창문을 닫을지 말지 잠시 생각했지만 차가운 빗방울이 이불을 덮지 않은 맨몸으로 떨어질 때의 감촉이 좋아 내버려두기로 했지. 비와 함께 바람이 세게 불었고 방문을 넘어 주방쪽에서 두 개의 프라이팬이 서로 격렬하게 부딪치는 소리가 들려왔어. 그 소리는 전처럼 풍경이 울리는 맑은 소리와는 거리가 멀었고 오히려 공사장이나 철거현장에서 쇠와 쇠가 거칠게 부딪치는 요란하고 센 소리와 닮아 있었지. 그 소리에 놀랐는지 엎드려서 자고 있던 그녀가 몸을 뒤집어 바로 누우며 어떤 고유명사 하나를 중얼거렸어. 나는 깜짝 놀라 그녀를 돌아보았지만 방 안은 어둡고 깜깜해서 그녀의 표정은 보이지 않았어. 그녀가 잠결에 내뱉은 고유명사는 내 이름이 아니었어. 그건 다른 누군가의 이름이었지. 나도 알고 있는 어떤 사람, 분명 어떤 과거의 인물을 가리키는 이름이었어. 모두 알고 있다시피 미래의 인물을 잠꼬대로라도 부를 수는 없는 법이니까. 나는 갑자기 분노가 치밀어 올랐고 그녀를 흔들어 깨워서 대체 무슨 꿈을 꾸고 있었느냐고 왜 그 이름을 중얼거렸느냐고 왜 내 이름이 아닌 다른 사람의 이름을 불렀던 것이냐고 캐묻고 싶었어. 내가 어둠 속에서 두 눈을 크게 뜨고 있는 동안에도 빗줄기는 계속해서 거세어졌고 바람도 점점 더 사납게 불어댔지. 젖은 커튼이 흔들리고 젖은 두 개의 프라이팬이 서로를 깨뜨릴 듯 부숴버릴 듯 부딪쳐대는 동안에도 나는 어둠 속에서 두 눈을 크게 뜨고 그녀의 입이 부주의하게 내뱉은 단 하나의 이름을 젖은 혀로 조용히 낮고 은밀하게 되뇌고 있었지. 빗줄기가 하얗게 쏟아졌고 마땅히 내게 주어졌어야 할 단잠도 하얗게 비워졌어. 나는 백색의 어지러운 밤을 지새웠고 그렇게 몇 시간이 지나갔고 마침내 날이 밝아왔지만 비가 오고 있었기에 창밖의 아침이 밝다고는 말할 수 없었어. 그녀는 밤새 단 한 번 뒤척였을 뿐 그리고 단 한 번 어떤 이름을 불렀을 뿐 나무인형처럼 움직이지 않고 잠들어 있었지. 기이할 정도로 미동도 하지 않았기에 나는 순간적으로 그녀가 죽은 것은 아닌지 생각하기도 했어. 몸을 일으킨 나는 베개에 등을 기대고 앉아 그녀의 잠든 얼굴을 내려다보았어. 그녀는 여전히 죽은 자의 낯빛으로 잠들어 있었고 나는 밤새 들이친 빗줄기로 축축하게 젖은 시트로 그녀를 그대로 둘둘 말아 모든 사람들의 눈에 띄는 곳에 내던져버리고 싶다고 생각했어.

그 대신 나는 침대에서 일어나 그녀가 잠들어 있는 방의 문을 조용히 닫고 주방으로 나왔어. 비가 그치고 있었어. 빗소리가 가늘어지고 있었지. 언제나 비는 너무 많이 와, 적당히 내리는 비는 없어. 식탁 위는 커피 얼룩과 먹다 흘린 음식물로 지저분했어. 그 꼴을 보자 욕지기가 치밀어 올랐지만 나는 아무 말도 하지 않았어. 들을 사람도 없었으니까. 혹은 그 욕을 들어야 할 사람은 나였으니까. 나는 식탁머리에 앉아 잠시 생각했어. 그러나 아무것도 생각나지 않았어. 그녀는 여전히 자고 있었겠지. 나는 그녀가 자고 있는 방의 문을 잘 닫았다고 생각했어. 그녀가 다시 한 번 희미하게 중얼거릴지도 모를 어떤 이름을 듣지 않을 수 있으니까 말이야. 그리고 나는 다시 아무것도 생각하지 않았어. 비는 언제 그쳤을까. 언제부터 주방 창문으로 비바람이 들이치지 않았을까. 시계를 보니 일곱 시가 조금 넘어 있더군. 이렇게 이른 시각에 일어나 있다니, 나는 감탄하지 않을 수 없었지. 전날 저녁부터 아무것도 먹지 못했기에 몹시 허기가 졌어. 나는 냉장고를 한 번 열었다 닫았고 다시 시계를 보았고 일 분의 시간도 지나지 않은 것을 확인했고 그녀가 누워 있는 방의 문을 한 번 노려본 뒤 책과 옷 들이 무질서하게 쌓여 있는 방으로 갔어. 그녀가 때로 길게 몸을 누이고 텔레비전을 보던 소파 밑에 큰 가방이 하나 있다는 것을 생각해냈지.

내가 그 집에서 얼마나 머물렀을까. 아마도 삼 년 반, 그사이 그녀의 집에는 내 물건들이 많이도 쌓였지. 물건들이 쌓이는 방식에는 체계가 없어, 그것은 그저 시간과 중력이 모의한 결과에 지나지 않아, 나는 내 의지대로 물건들을 쌓지 않았어, 어쨌거나 쌓인 물건들 위로 쌓인 물건들을 바라보며 나는 저것들을 다 집어 처넣으려면 얼마나 큰 가방이 필요할까 생각했어. 소파 밑에서 가방을 꺼냈어. 가방 안에는 먼지가 가득 들어 있었지. 나는 크게 재채기를 했고 곧이어 성급하게 입을 틀어막았지. 재채기 소리에 그녀가 잠을 깨고 나올지도 몰라서였어. 숨을 죽이고 건넛방의 동정을 살폈지만 다행히 아무 소리도 들려오지 않았지. 이른 시간이었으니까. 이 가방에 무엇을 넣어갈 수 있을까. 그녀의 집은 그녀의 사물들과 나의 사물들로 가득했지. 처음에는. 그리고 언젠가부터 나의 사물들은 그녀의 사물들이 되기 시작했어. 그리고 지금 이 집에는 그녀의 사물들이 범람하고 있지. 책장에는 그녀의 책과 전에는 내 것이었으리라 짐작되는 책들이 한데 섞여 꽂혀 있었어. 그녀는 흔히 고급하다고 이야기되는 독서 취향을 갖고 있었고 그건 나도 마찬가지였지만 우리의 취향은 서로 사뭇 달랐어. 그리고 내가 그녀의 책들을 탐했던 반면 그녀는 내 책들에는 손도 대지 않았지. 내가 전에 살던 집도 책으로 포화상태였어. 그래서 이사를 할 때마다 곤란을 겪었지. 그런데 그 곤란이 다시 반복되고 있었어. 도대체 어떤 책을 남기고 어떤 책을 가져가야 할지 알 수가 없었던 거야. 책장을 가만히 바라보던 나는 무심코 눈에 띈 한 권의 책에 손을 뻗었어. 《보이는 것과 보이지 않는 것》. 의미심장한 제목이라 생각했어. 그 책을 꺼내 펼쳤더니 책장 사이에 영수증 하나가 구겨져 있더군. 2008-02-11. 품목란에는 기타 잡화라 적혀 있었어. 가격란에는 129,800원이라 적혀 있었지. 2008년 이월 십일 일에 그녀는 무엇을 샀을까. 기타 잡화는 어떤 사물을 지칭하는 단어일까, 나는 궁금했지만 더 이상 아무것도 알 수는 없었지. 상점명이 인쇄되어 있었음 직한 부분은 찢겨져나가고 없었어. 적당한 가격이 붙은 사물들은 없어, 지나치게 비싸거나 지나치게 싼 물건들뿐이야, 그리고 물론 지나치게 싼 물건들보다는 지나치게 비싼 물건들의 숫자가 지나치게 많지. 기타 잡화가 무엇인지는 모르겠지만 129,800원이라는 가격은 내게는 지나치게 비싸게 느껴졌어. 주요 잡화도 아니고 기타 잡화 따위가 그렇게 비쌀 턱이 없다고 생각했지. 게다가 그녀는 씀씀이가 크지 않았어. 그녀는 무엇을 위해 129,800원을 지출했던 것이었을까, 이 집을 나가려는 마당에 별것이 다 궁금하군, 하고 생각했던 것이 기억이 나. 어쨌거나 나는 《보이는 것과 보이지 않는 것》을 가져가기로 했어. 다른 물건들은 그녀가 깨어 있을 때, 그녀가 보는 앞에서 하나씩 하나씩 가져가기로 했지. 물건이 하나씩 없어질 때, 그래서 이 집의 빈 공간이 늘어날 때, 이 집에서 보이지 않는 것들이 보이는 것들을 압도하기 시작할 때, 나의 부재가 견딜 수 없이 커지고 커져, 그녀가 자신의 집에서 나오고 말 수밖에 없기를 바랐던 거야.

그리고 나는 그녀의 집을 나왔어. 비가 걷혀 있었고 볕이 내리쬐고 있었지. 아스팔트에 고인 물웅덩이가 햇빛을 반사하고 있었고, 눈이 아팠어. 어디로 가야 하지, 잠시 생각했어. 어디로 가야 하지, 오래 생각했지. 나는 한 권의 책이 든 가방을 들고 눈이 부셔 얼굴을 찡그리며 오랫동안 그녀의 집 앞에 서 있었어. 읍면동 주소를 도로명 주소로 표기하기 시작했을 때였어. 면으로 분할되어 있던 공간을 선으로 구분하게 된 거였지. 길과 거리와 도로와 건물 들은 전날과 그대로 머물러 있었지만 갑자기 나를 둘러싼 모든 길들이 그물로 변했고 그 그물 안에 갇히고 말았다는 생각을 하자 어느 쪽으로도 발걸음을 뻗지 못한 채 그저 가만히 멍청히 한동안 서 있을 수밖에 없었어. 그리고 무슨 생각을 했나. 한 권의 책에 비해 가방은 지나치게 컸고 모든 사물들은 지나치게 작거나 지나치게 클 뿐이라는 생각을 했던 것 같기도 하군. 누군가가 개를 끌고 다가오는 것이 보였어. 작고 하얗고 털이 짧은 개였지. 목줄을 쥔 사람의 얼굴은 생각나지 않아. 무심코 길옆으로 비켜서려는 찰나 개가 갑자기 멈춰 서서 개 주인의 얼굴을 올려다보더군. 개 주인도 의아한 표정으로 개를 내려다보았어. 나는 주인을 올려다보는 개의 표정에 집중했어. 개가 목을 뒤로 젖혔고 그러자 개의 목줄이 팽팽하게 당겨졌지. 가느다란 목줄 위로 햇빛이 찢어질 듯 빛나고 있었어. 왜. 개 주인이 개를 향해 말했고 개는 아무런 말도 하지 않았어. 나는 개와 개 주인을 동시에 바라볼 수 없었으므로 눈이 아팠어. 우리는 너무 가까이 있었던 거야. 개가 갑자기 고개를 숙이고는 머리를 세차게 흔들기 시작했어. 그러고는 개 주인이 미처 손쓸 사이도 없이 재빠르게 제 목에서 목줄을 벗겨냈지. 왜. 개 주인이 개를 향해 말하며 한 발짝 앞으로 다가섰어. 그러자 개는 제 주인을 짧게 한 번 응시하고는 그대로 몸을 돌려 마구 달려가기 시작했지. 축 늘어진 목줄을 손에 쥔 채 잠시 망연하게 서 있던 개 주인도 개가 달려가는 방향을 쫓아 달리기 시작했어. 그 장면은 사실 몇 초도 지속되지 않았음에도 불구하고 내 머릿속에는 한없이 느리고 느린 순간으로 각인되고 말았지. 개 주인이 빗물이 고인 웅덩이를 한껏 세게 밟고 지나가는 바람에 더러운 물방울이 내 바지자락과 책 한 권이 든 가방에도 튀어올랐어. 그러자 문득 어린 시절의 어느 여름날, 가

족과 함께 찾아갔던 한적한 바닷가에서 수영복을 입고 물에 들어갔던 동생이 도로 모래밭으로 나와 옷이 젖었다며 당장 갈아입겠다고 말했던 순간이 기억나더군. 동생이 입고 온 옷 말고는 딱히 갈아입힐 만한 옷을 가지고 오지 않았던 나의 부모는 수영복은 원래 물에 젖는 용도로 만들어진 옷이라며 동생을 달래고 달랬지만 동생은 막무가내로 한 번 젖은 옷은 입지 않겠다며 떼를 썼어. 그러나 동생에게는 갈아입을 수영복이 없었고 입고 온 옷으로 다시 갈아입는다면 그것은 바닷물에 다시 몸을 담글 수 없다는 사실을 의미했지. 마침내 동생에게 두 손 두 발을 든 부모는 동생의 수영복을 벗기고 바닷가에 올 때부터 입고 있던 짧은 바지와 티셔츠로 갈아입히며 이제는 물에 들어갈 수 없다고 냉정하게 말했어. 동생은 고개를 끄덕였고 모래 위에 깔아둔 커다란 수건 위에 앉아 모래 알갱이들을 만지작거리며 한동안 얌전히 앉아 있었어. 동생이 언제고 울음을 터뜨릴 것이라 생각한 나는 부모의 짜증이 어디로 향하게 될지를 궁금해하며 동생 곁에 나란히 앉아 있었지. 아버지는 담배를 피웠고 어머니는 플라스틱 찬합에 담긴 김밥과 단무지를 오물거리고 있었어. 그때 우리—담배를 피우고 모래 알갱이를 만지작거리고 김밥과 단무지를 오물거리던—의 발치로 비치볼이 하나 굴러왔고 개와 아이가 공의 궤적을 쫓아 우리—담배를 피우며 모래 위에 침을 뱉고 모래 알갱이를 바스러뜨릴 듯 손아귀에서 비비적거리고 잇새에 낀 시금치 조각을 빼내느라 여념이 없던—에게로 달려오는 모습이 보였어. 개와 아이는 앞서거니 뒤서거니 하며 폐장 직전의 해수욕장에 어울릴 법한 명랑한 웃음소리를 울리며 다가오고 있었지. 그런데 동생이 팔을 뻗어 비치볼을 두 손으로 잡아 제 몸 쪽으로 끌어당겼어. 그러고는 두 팔과 가슴으로 비닐 공을 꼭 끌어안고 놓지 않았어. 개와 아이가 숨을 헐떡이며 달려와 우리 앞에 섰고 동생은 공 위로 고개를 푹 숙인 채 미동도 하지 않았어. 정말이지 조금도 움직이지 않았지. 동생보다는 두어 살 위, 나보다는 두어 살 아래로 보였던 아이는 난처한 표정으로 동생과 동생의 부모를 번갈아 바라보았어. 아버지가 동생의 등짝을 쿡쿡 찔렀고 어머니는 타이르는 목소리로 동생의 이름을 불렀지. 나는 지금도 우리가 깔고 앉았던 수건과 동생이 품고 있던 비치볼에 인쇄되어 있던 조악하고도 현란한 그림을 기억하고 있어. 수건에는 고등어처럼 보이는 고래와 바지락처럼 보이는 조개가 유아적인 그림체로 그려져 있었고 비치볼에는 분홍색 바탕에 무지개를 얹은 하늘색 컵케이크가 잔뜩 인쇄되어 있었지. 그때 우리가 가질 수 있었던 공산품이란 고작 그런 것들뿐이었고 비치볼에 그려져 있던 대변 덩어리처럼 보이는 물체가 컵케이크의 형상이었다는 것을 알게 된 것은 나중의 일이야. 내가 커피를 스스로 사서 마실 수 있게 되었을 무렵 컵케이크가 유행하기 시작했고 가는 카페마다 천연색 크림들을 가득 올린 컵케이크들을 볼 수 있었어. 나는 그것들을 볼 때마다 망친 파마머리 같다는 생각을 했고 단 한 번도 맛을 볼 생각을 하지 않았고 어린 날 휴가철 끝물의 해수욕장에서 동생이 끌어안고 놓을 생각을 하지 않던 분홍색 싸구려 비치볼에 그려져 있던 컵케이크를 떠올리지 않았어. 내가 그날의 비치볼의 크기나 색이나 무늬를 기억하게 된 것은 그러므로 바로 지금이라 할 수 있지. 그런데 아까부터 내 이야기를 듣고 있는 당신은 대체 누구십니까.

아이가 동생을 채근하기 시작했고 자리에서 일어선 아버지가 담배꽁초를 모래밭에 내던지며 동생을 향해 소리를 질렀어. 어머니가 열어둔 플라스틱 찬합 안으로 모래가 튀었고 어머니는 서둘러 뚜껑을 닫았지만 이미 늦어버렸지. 동생은 더욱더 몸을 움츠렸고 어찌할 바를 몰랐던 나는 멍하니 앉아 동생의 고집스런 어깨를 바라보고만 있었어. 아이의 개가 동생의 발치에서 얼쩡거렸고 동생은 맨발을 모래 속에 파묻기라도 할 듯 발가락을 안쪽으로 잔뜩 구부렸어. 동생의 태도가 하도 완강해서 그대로 모래 속으로 들어가버리고 말지도 모른다고 생각될 정도였지. 아버지가 언성을 높였고 어머니가 동생의 어깨를 흔들었어. 그 기세에 외려 놀란 아이가 울먹이는 목소리로 괜찮다고 공을 가져도 좋다고 말했지만 부모와 동생은 각자 하던 행위를 계속했어. 아이가 개에게 그만 가자고 말했고 아이의 말을 알아들었던 것인지 개는 앞장서서 달려왔던 쪽으로 달려가기 시작했어. 아이도 동생에게 눈길을 한 번 주고는 자꾸만 모래에 푹푹 빠지는 발을 놀리며 개를 따라 달려갔지. 아버지는 제 풀에 지쳐 수건 위에 주저앉았고 어머니는 한숨을 쉬었어. 아이가 사라지자 동생은 여전히 공을 가슴에 꼭 끌어안은 채로 자리에서 일어서다가 엉덩방아를 찧었어. 그러면서도 공을 놓지 않았던 동생은 갑자기 바다를 향해 뛰쳐나갔어. 우리는 다급히 동생의 이름을 불렀지만 동생은 뒤를 돌아보지 않았어. 동생은 대답 없이 그대로 바다에 뛰어들었고 놀란 나는 동생을 따라가 바다에 몸을 던졌어. 바닷물은 차고 짰고 동생은 보이지 않았어. 곧 밀물이 올 시각이었으나 그때 나는 밀물이니 썰물이니 하는 단어를 알지 못했지. 그러나 바닷물은 그다지 깊지 않았고 곧 바다에 뒤따라 들어온 아버지가 나와 동생을 양팔에 걸쳐 올렸어. 파도가 동생의 비치볼을 쓸어갔고 축 늘어진 동생은 젖은 미역이나 김처럼 보였지만 차마 웃을 수는 없었지. 동생은 젖은 뺨을 맞았고 젖은 옷을 입은 채로 숙소로 돌아가야 했어. 자동차 뒷좌석에 짠 내가 진동했지만 나는 아무런 불평도 늘어놓을 수 없었지. 동생은 공을 잃었고 부모는 말을 잃었고 나는 아무것도 잃지 않았지만 모든 것을 잃어버렸다고 생각했어.

목줄을 풀어버리고 도망치는 개를 보고 있노라니 별 이유도 없이 옛날의 기억이 되살아났고 그날을 곱씹어 새기는 동안 개와 개 주인도 시야에서 완전히 사라져버리고 말았어. 그렇게 개와 개 주인이 사라져간 방향을 망연히 바라보고만 있었는데 졸음이 몰려오더군. 간밤에 한숨도 자지 못했으니 그럴 수밖에 없었어. 갈 곳도 가고 싶은 곳도 없었기에 다시 그녀의 집으로 돌아가 하루만 더 지내볼까 하는 생각이 들더군. 그녀는 내가 집을 나왔다는 사실도 모른 채 잠들어 있을 것이고 다행인지 불행인지 모르겠지만 나는 그녀의 집에서 다섯 발짝 정도 떨어진 곳에 서 있었으니까. 그래서 나는 그녀의 집으로 돌아갔어. 발자국 소리를 죽여 계단을 올라갔고 조용하고도 빠르게 문고리를 돌렸지. 잠겨 있지 않았던 철문이 느슨하게 열리자마자 안으로 들어가 신발을 벗자마자 나도 모르게 안도의 한숨이 흘러나왔어. 그녀는 여전히 자고 있는 것이 분명했어. 식탁 밑에 가방을 던져놓고 그녀가 잠들어 있는 방으로 들어가 잠시 그녀의 얼굴을 내려다보았어. 얼굴이 엉망이더군. 구겨진 머리카락이 베개를 뒤덮고 있었어. 숨소리는 들리지 않았지. 나는 까치발로 침대를 한 바퀴 돌아 조심스레 이불 속으로 들어갔어. 그러자 그녀가 몸을 뒤척였고 나는 숨을 참으며 몸을 곧게 폈어. 내가 여름이었다고 말했던가. 그런데 나는 더위를 느끼지 못했어. 오히려 추웠다고 말할 수 있을 정도지. 몸을 떨고 있던 내게 그녀가 가만히 귓가에 속삭이더군. 왜. 어디 다녀와. 나는 아무 말도 하지 않고 가만히 떨던 몸을 계속 떨고 있었지. 그러자 그녀가 돌아누우며 다시 물었어. 안 잤니. 나는 참았던 숨을 토해내며 그녀에게 말했어. 2008년 이월 십일 일에 어디서 뭘 했어. 그녀는 잠시 아무 말도 하지 않았어. 잠시가 아니라 꽤 오래였고 그래서 나는 그녀가 다시 잠들어버린 것은 아닐까 생각했고 그래서 나는 화가 치밀어 올랐고 다시 이 집에 들어와 침대에 눕기까지 했다는 사실이 치욕적으로 느껴지기까지 했지. 2008년 이월 십일 일에 어디서 뭘 했냐니까. 나는 다시 물었어. 그러자 그녀가 나른하게 대답하더군. 올해가 2011년 아니던가. 내가 어떻게 알아. 나는 그녀에게 무언가 대꾸를 하려고 했어. 그녀의 대답은 논리적이었지만 무성의하게 느껴졌고 그래서 다시 화가 나려고 했지. 그런데 졸음이 내 발목을 붙들었고 간밤의 비로 축축해진 침대가 적당히 시원하게 내 화를 누그러뜨렸고 나는 눈꺼풀을 억지로 들어올리며 깨어 있으려고 노력했지만 별수 없이 곧바로 잠들고 말았지. 그러니 무슨 꿈을 꾸었느냐고 내게 묻지 마시길. 물어도 기억나지 않을 것이고 기억난다 하더라도 아무 이야기도 해드리지 않을 테니까.

그리고 나는 잠들었지. 그런데 내가 잠들었다는 것을 어떻게 알 수 있겠어. 나는 그저 잠들었을 뿐인데. 내가 잠든 모습을 스스로 볼 수 없었고 깨어났을 때는 이미 해가 지고 있었어. 지독하게 더웠어. 견딜 수 없을 정도로 더웠지. 창문과 방문은 모두 닫혀 있었고 나는 땀에 젖어 잠에서 깨어났어. 뒷목이 가려웠고 그녀의 베개는 침대 밑에 떨어져 있었어. 푸르고 검은 창을 보니 이제 곧 밤이 오리라는 것을 알 수 있었어. 나는 방에서 나왔어. 식탁 앞에 그녀가 앉아 있지 않았어. 그녀가 저녁을 먹고 있지 않았어. 식탁 위에는 빈 커피 잔이 놓여 있었고 그 주변에 커피 가루가 떨어져 있었지. 화장실의 문이 조금 열려 있었고 그 사이로 불빛이 새어나오고 있었어. 거기 있어. 내가 물었어. 그녀는 대답하지 않았어. 화장실 앞에 서서 나는 다시 한 번 물었어. 거기 있어. 그러나 아무런 기척도 없었어. 나는 화장실 문을 열어젖혔고 그녀는 없었고 세면대 위에 잘린 머리카락 조각들이 흩어져 있었어. 그녀는 늘 화장실 거울 앞에서 앞머리를 다듬고는 했는데 그날도 그 일을 잊지 않은 거였어. 나는 집

안을 돌아다니며 그녀를 찾았어. 그래봤자 그 일은 일 분도 채 걸리지 않았지. 식탁 밑에는 내가 팽개쳐둔 책 한 권이 든 가방이 그대로 구겨져 있었고 책 한 권을 잃은 방 안에는 그녀가 없었어. 배가 고팠기에 냉장고 문을 열었지만 그 안에는 전날의 파와 무만 들어 있었고 나는 잠시 냉장고에서 흘러나오는 냉기로 더위를 가라앉혔지. 그녀는 아마도 집에 없는 모양이었어. 그러자 지금이야말로 이 집에서 나갈 수 있는 기회라는 생각이 들었어. 그러니 어서 나가자, 책이든 뭐든 아무것이나 하나 들고 다시 나가자, 그녀가 돌아오기 전에 빨리 나가자. 나는 가방을 들고 옷가지와 잡동사니들을 보관하는 작은 방으로 가서 그녀의 옷장 문을 열고 그녀가 가장 아낄 법한 겨울 외투를 하나 골라냈어. 그러고는 책 한 권이 든 가방에 두껍고 무거운 겨울 외투를 억지로 구겨넣었지. 땀에 절어 있는 몸을 찬물에 씻고 싶다는 생각이 들었지만 그렇게 하지 않았어. 어서 그곳에서 나가야겠다는 생각이 더 컸기 때문이지. 나는 가방을 들고 호기롭게 그녀의 집에서 나왔어. 열쇠를 가지고 나오지 않았으므로 문은 잠그지 않았어. 계단을 내려왔고 문을 열었고 한길에 내려서는데 서늘한 저녁바람이 불어와 잠시 더위를 식히며 가만히 집 앞에 서 있었지. 바로 앞 담벼락에 개를 찾는다는 내용의 전단지가 붙어 있더군. 이미 사위가 어둑해져 있었으므로 잘 보이지는 않았지만 전단지에 인쇄되어 있는 개는 분명 아침에 본 바로 그 개였어. 나는 전단지 앞으로 다가서서 적혀 있는 문구를 자세히 들여다보았어. 개를 찾습니다. 품종: 말티즈. 나이: 9세. 특징: 목둘레에 목줄 자국이 있고 왼쪽 귀에 상처가 있음. 수컷. 사례합니다. 그것을 읽자 불현듯 옛날 생각이 났는데 지금은 그때 무슨 생각을 했는지 더는 기억나지 않아. 하지만 비치볼을 끌어안고 요지부동이던 동생 생각을 하지는 않았어. 바다…… 아니야. 8차선 도로…… 아니야. 운동장…… 아니야. 뱀…… 아니야. 어린 시절을 기억했던 것은 분명하지만 지금은 도무지 아무런 생각도 나지 않는군. 어쩌면 그때도 아무 생각도 하지 않았을 수도 있지. 중요한 것은 그게 아니라 내가 전단지를 모두 떼어야겠다고 생각했다는 사실이야. 아니야. 내가 전단지를 모두 떼어버려야겠다고 생각했다니 도무지 말이 되지 않아. 내 개도 아닌 다른 사람의 개를 찾는 전단지들을 모두, 슬프다고도 우스꽝스럽다고도 할 수 없을 개의 얼굴이 인쇄된 전단지들을 모두 떼어버려야겠다고 생각했다니 그럴 리가 없어. 내가 어떻게 생각했건 간에 혹은 어떻게 생각하건 간에 어쨌거나 나는 전단지를 떼어냈어. 그리고 담벼락을 따라 걸으며 전신주며 출입문이며 사방 가리지 않고 붙어 있던 전단지를 한 장씩 떼어내기 시작했지. 떼어낸 전단지는 아무렇게나 구기고 뭉쳐 가방에 집어넣었어. 이미 책 한 권과 겨울 외투 한 벌이 들어 있던 가방은 구겨진 종이들로 가득 차기 시작했지. 그러나 빈틈은 언제나 만들면 생기는 거야, 언제나 밀어넣을 여지는 있어, 들어가지 않는다면 억지로 넣으면 돼, 그렇게 생각하며 나는 동네의 모든 전단지를 떼어내겠다는 일념으로 그녀의 집 주변을 배회하고 있었어. 그런데 정말로 내가 그렇게 생각했던 것일까. 전단지 따위를 모두 수거해서 뭘 하려는 요량이었을까. 그러는 동안 몇 명인가 동네 사람들이 지나갔던 것 같기도 해. 어쩌면 동네 사람들이 아니었을 수도 있지. 어쨌거나 그들은 내가 하는 일에는 별다른 신경을 쓰지 않았을 거야. 개 주인이 아니라면 누구도 신경을 쓰지 않았겠지. 그렇게 전단지들을 한 장씩 떼어내며 그물처럼 얽힌 길을 따라 헤매고 있을 때, 문득 내가 일하던 책상과 책상 위에 수북하게 쌓여 있던 종이더미가 생각나더군. 분명 나도 일이란 것을 한 적이 있었고 정확하지도 정당하지도 않은 이유에서 일을 그만두기 전까지는 아침에 출근해서 저녁에 퇴근하는 생활을 한 적이 있었다는 사실을 떠올리고 만 거야. 그때 내 책상 위에 수북하게 쌓여 있던 종이더미는 분명 교정지더미였어. 붉은 펜과 푸른 펜, 연필과 지우개 따위가 굴러다녔지. 지우개를 생각하자 갑자기 나는 개를 찾는 전단지에 개의 얼굴만이 있을 뿐 개 주인의 얼굴은 없다는 것을 알아차렸고 그것이 이상하게 여겨졌지. 그때 나는 그날 아침에 본 개 주인의 얼굴을 기억하지 못했지만 지금 와서 생각해보니 개 주인이 내가 아는 누군가를 닮은 것 같기도 하군. 그 누군가는 내가 편집자로 일하던 시절 지독히도 원고를 주지 않던 어느 필자였는데 그의 이름은 더 이상 기억나지 않지만 그의 얼굴만은 다소 희미하게나마 기억하고 있어. 나는 아침부터 저녁까지 한 시간 간격으로 그에게 전화를 걸었고 일주일 뒤에는 삼십 분 간격으로 전화를 걸었고 한 달이 지난 뒤에는 전화가 끊기자마자 다시 전화를 걸었고 그가 전화를 받을 때까지 전화를 걸어댔지. 며칠이 지나자 그는 더 이상 전화를 받지 않았고 나는 그가 전화기를 부숴버리거나 던져버렸으리라고 생각했고 알 수 없는 오기가 솟아올라 그의 집까지 찾아갔던 거야. 그의 집을 가리키는 읍면동 주소는 아직까지도 기억하고 있지만 모든 길들이 도로명 주소로 바뀌고 난 지금 그곳을 다시 찾아갈 수 있을지는 나도 모르겠어. 하지만 이제 그의 집을 찾아갈 이유는 존재하지 않는데 그 까닭은 그가 이미 죽었기 때문이야. 나는 그가 죽은 까닭이 내가 걸어댄 수천수만 통의 전화 때문이라고는 생각하지 않는데 고작 전화 때문에 죽는 사람은 없는 법이고 사실 죽음에는 어떠한 이유도 없기 때문이지. 그날, 그의 집으로 그를 찾아갔던 날, 그의 아내가 현관문 뒤에서 그가 죽었으니 이제 찾아오지 말라고 나지막하게 말했고 나는 그의 아내가 문을 열어줄 때까지 초인종을 연신 눌러댔던 것을 기억해. 그래서 결국 그의 아내가 내게 문을 열어주었던가. 혹은 초인종의 배터리가 소진되고 말았던가.

이제는 말하기도 지치는군. 어쨌거나 내가 그 집에서 나오게 된 경위를 계속해서 이야기해야겠지. 이미 두 번 나왔으니 세 번째로 집에서 나올 차례가 되었어. 전단지로 불룩해진 가방을 들고 나는 다시 그녀의 집으로 돌아갔어. 그녀는 그사이 집에 돌아와 있더군. 주방 창문이 열려 있었고 바람이 불지 않았고 두 개의 프라이팬도 움직이지 않았어. 그녀는 내게 저녁을 먹었느냐고 물었고 나는 저녁을 먹지 않았다고 대답했고 그녀는 화장실로 들어가 세수를 하고 소변을 본 뒤 곧장 침대로 가서 누워버렸어. 바람이 불지 않았고 두 개의 프라이팬은 움직이지 않았고 나는 배가 고픈지 고프지 않은지 알 수 없는 애매한 상태로 침대로 다가가 그녀의 옆에 누웠어. 그녀는 곧바로 잠들었고 나는 까칫거리는 몸을 그녀에게 바싹 붙이며 그녀가 낮은 숨을 쉬는 소리를 듣고 있었지. 그런데 그녀는 정말로 잠들어 있었을까. 그녀는 정말로 자고 있었을까. 이쯤 되었으니 이제 내가 그녀를 그녀라고 불러온 이유에 대해서도 말해줘야겠군. 나는 그녀라는 지시대명사를 단 한 번도 좋아한 적이 없었어. 그래서 여간해서는 잘 사용하지 않았지. 그런데도 지금 당신 앞에서 그녀를 그녀라고 부른 이유는 바로 그녀를 그년이라고 부르기 위해서였어. 그녀는 그녀에서 그년으로 대단히 성공적으로 추락했고 나는 그 사실이 못내 만족스러웠어. 그녀는 그년이었고 그년은 전혀 잠들어 있지 않았으면서도 잠든 사람의 흉내를 내며 내 옆에 가만히 고요히 누워 있기만 했지. 믿음이 착각이었다는 사실이 드러날 때, 그럴 때는 아주 많지. 그때가 그러했고 바로 지금도 그러한 거야. 나는 그년의 어깨를 쥐고 흔들며 2008년 이월 십일 일과 간밤에 부른 단 하나의 이름에 대해 추궁하고 싶었지만 그러지 않았어. 대신 나는 곤히 잠든 사람처럼 새근거리는 숨소리를 내며 그년 곁에 가만히 고요히 누워 있었어. 그년이 코를 훌쩍였고 왼손으로 오른쪽 어깨를 긁었고 나는 시간이어서 자연스럽게 지나가기를 기다리며 일 분과 일 분, 다시 일 분과 일 분, 다시 일 분과 일 분을 기다렸어. 그때 바람이 불었고 내가 없는 사이 그년이 열어둔 집 안의 모든 창문으로 바람이 불어 들어왔고 주방 창문가에 걸린 두 개의 프라이팬이 서로 부딪쳐 쟁강거리는 소리를 내기 시작했고 맑은 소리 고운 소리 개 같은 소리가 귓가를 파고들어왔고 그 모든 소리들이 견딜 수 없어진 나는 눈을 감고 귀를 막은 채

가능한 한 잠든 사람처럼 그럴듯하게 세상의 모든 잠을 짊어진 사람처럼 그럴듯하게 잠꼬대를 가장하여 단 하나의 어떤 이름을 슬며시 내뱉었고 그 이름은 그녀의 이름이 아니었고 그녀이 내 쪽으로 돌아눕기만을 기다리며 다시 일 분을 기다렸지만 그 일 분이 지나기도 전에 그녀은 아무런 움직임도 없이 놀라움이나 흐느낌도 없이 그대로 죽은 사람처럼 잠든 사람처럼 미동도 하지 않았지. 나는 다시 일 분을 기다렸고 다시 일 분을 기다렸지만 그 일 분이 지나기도 전에 그녀은 아무런 움직임도 놀라움도 흐느낌도 없이 그대로 죽은 사람처럼 잠든 사람처럼 미동도 하지 않았어. 미동도 하지 않았지. 정말이지 조금도 움직이지 않았어. 나는 다시 일 분을 기다렸고 또 일 분을 기다렸고 그렇게 일 분들이 지나갔지. 그렇게 일 분들이 지나갔어. 그렇게 일 분들이…… 그런데 지금 이 이야기를 듣고 있는 당신은 대체 누구십니까. 그렇게 일 분들이…… 지금도…… 아직도…… 지나가고 있군…… 그런데 갑자기…… 일 분에 관한 치욕적인 농담이…… 하나…… 떠오르는데…… 그게…… 뭐였더라……

어쩔까나•

김이은

• 이 소설은 조선왕조실록朝鮮王朝實錄 세종世宗 41권 10년(선덕善德 3년)에 실려 있는 이야기를 바탕으로 했습니다.

1973년 서울에서 태어나, 성균관대학교 한문학과를 졸업했다.

2002년 《현대문학》에 단편소설 〈일리자로프의 가위〉가 당선되어 등단했다.

작품집으로 《마다가스카르 자살예방센터》《코끼리가 떴다》 등이 있고,

그 외 《부처님과 내기한 선비》《날개도 없이 어디로 날아갔나》 등을 지었다.

*

살진 전답과 아름다운 산천 무궁화 삼천리에 풍년이 들고 곱디고운 단풍도 물들건마는 한 줄기 들려오는 구슬픈 가락은 과연 누구의 설움 진 소리더란 말인가……

오늘은 여러분께 노생*이 가슴 절절한 이야기, 눈물 없이는 들을 수 없다는 그 이야기, 바로, 가혹한 운명의 사랑 이야기를 한 자락 보내드릴까 합니다요. 자, 자, 이쪽으로 더 다가들 앉으시라구요. 그쪽 너무 밀지 마시고요. 저 뒤에 총각! 앞에 앉은 처녀한테 그리 딱 달라붙으면 쓰나. 좀 떨어져 앉으라고. 애들은 가라, 애들은 가. 눈물과 한숨이 절로 흐를 오늘의 이야기는 그야말로 십구금이라 정말 눈물과 한숨뿐일까, 아니란 말씀. 구멍에서 나오는 게 어디 눈물뿐이겠습니까요. 흠, 흠.

* 노생老生: 말하는 사람이 자신을 낮춰 부르는 말.

오줌 누실 분들 빨리빨리 가서 누고 오시고. 혹시 배 아픈 분들도 얼른 가서 볼일 보고 오시고. 그거 말고 딴거 마려운 분들도 잽싸게 가서 해결하고 오시고. 자고로 속이 편안해야 이야기도 더 재밌는 법. 은밀한 부분에는 귀를 쫑긋 세워야 하니 마음의 준비들 하시고, 그럼…… 시작합니다요.

*

때는 세종 십 년 구월 어느 날. 고요히 잠들었던 하늘이 동쪽으로부터 희끄무레 밝아지기 시작하더니 아침 일찍부터 시작된 장사치들의 외침 소리로 하루의 노동이 시작되었다. 팔려는 사람, 사려는 사람 들로 어느새 대구 감영의 선화당 앞 장터는 시끌시끌, 왁자지껄. 거기다 오늘은 죄인의 교수형이 있는 날이 아니던가. 온 동리 사람들이 다 쏟아져 나와 목을 빼고 어서어서 죄인이 형장으로 들어오기를 기다리고 있었다.

이윽고 형졸들이 소복을 입은 가이加伊를 끌고 나와 바닥에 꿇어앉히자 가이는 아무 힘 없이 털썩 자리에 몸을 나리었던 것이다. 그 모양을 보매 사형대 앞에 운집한 군중들 속에서 탄식과 신음이 절로 흘러나오는 것이었건마는 안색이

창백하고 앙상하게 마른 가이는 그저 처연한 표정을 짓고 멍하니 하늘만 우러르는 것이었다. 그렇다면 가이가 보고 있던 하늘은 어떠했을까. 지난밤 가을비가 한 차례 쏟아지고 난 하늘은 더할 나위 없이 푸르렀지마는, 다만 가이는 더 이상 눈물도 나오지 않는 충혈된 눈으로 속울음을 토해내고 있었던 것이었다.

—아아. 낭군님은 지금 어느 곳, 어느 하늘을 헤매고 계실까. 한 맺힌 삶 억울한 죽음을 맞이했으니 구천을 떠돌고 있는 건 아닐까.

흠, 흠. 계집의 목소리 같지요? 그것도 아주 꽃다운 여인 말이오. 노생처럼 다 늙어빠진 사내놈이 간드러진 여성의 목소리를 이리 잘 낼 수 있다는 게 이상하지요? 그러나 이래봬도 남녀노소 할 거 없이 백팔 명의 목소리를 다르게 낼 수 있는 노생입니다그려. 그건 차차 얘기하기로 하고…… 자, 돌아갑니다.

그럼 이때 가이의 목소리는 어떠했는가. 낭군도 이 세상에 없고 천지 사방 혼잣몸인데 목전에 죽음을 두고 있으니 피맺힌 목소리로 중얼거리는 것이 아니었겠는가. 구름 한 점 없는 장천長天만 애달픈 한숨 내쉬는 가이를 내려다보고 있었으니 형졸들조차 고개 돌려 눈물을 훔치는 것이었다.

—이제 죽고 나면 저 하늘도 두 번 다시 볼 수 없겠지. 그

러나 내가 이제 와서 더 살아 무엇하리. 차라리 죽는 게 행복이 아니겠는가. 죽고 나면 저 높고 높은 하늘에서 내 낭군 부금夫金과 다시 만나 천년만년 해로할 거 아니겠는가.

그렇게 생각하니 가이는 죽음도 두려울 게 없을 거 같았다. 부금의 넓고 따뜻한 품에 안겨 끝없는 하늘을 자유롭게 날 수만 있다면. 관의 눈치를 보지 않아도 되고 사람들이 손가락질하지 않는 그곳에서 부금과 더불어 가없이 행복하겠지. 입가에 절로 미소가 지어졌다. 가이는 사형대 앞에 구름같이 몰려 있는 많은 사람들을 둘러보았다. 호기심과 질시와 경멸이 뒤섞인 가운데 간간이 동정과 연민과 두려움 어린 시선들이 가이에게 쏟아지고 있었다.

—그저, 조용히 낭군과 함께 알콩달콩 땅 일구며 살고 싶었는데…… 죽고 나면 부금의 영혼이 내 가여운 몸뚱이를 껴안아주겠지. 그러면 나는 그 넓은 가슴에 안겨 목 놓아 울리라. 여보시오, 형졸 나리……

가이가 갑자기 고개를 반짝 들어 곁에 선 형졸을 부르는 것이었다. 막 가이의 목에 밧줄을 걸려던 형졸이 깜짝 놀라 들고 있던 밧줄을 떨어뜨리고는 가이를 내려다보았다. 밧줄을 놓친 형졸의 손끝이 벌벌 떨리고 있었다.

—왜 그러시오.

이쯤에서 한마디 보태겠습니다요. 이 형졸이 왜 그렇게

놀라 자빠질 지경이었느냐. 생각해보소. 죄 없는 줄 천지가 다 아는 가이를 제 손으로 목에 밧줄 걸어 죽여야 하는 자신의 운명이 그렇잖아도 기구하다 생각하고 있던 형졸이 아니겠습니까요. 죽어 구천을 떠돌 가이의 혼백이 자신을 원망할 거라고 생각하지 않을 수 없었던 것이지요. 그래서 행여 가이가 마지막 가는 길에 자신에게 저주를 퍼붓지는 않을까, 하마 속으로 조마조마했던 참이지요. 죽음에 임하는 사형수에게 저주를 받은 자는 삼 대 안에 집안이 멸한다는 속설이 있지를 않았겠습니까. 그러니 가이의 부름에 염통이 벌렁벌렁했던 것이지요. 물론 곧 죽어야 하는 자를 함부로 대하면 안 된다는 뜻이었겠습니다마는 사형 집행을 담당하는 형졸들 사이에서는 일종의 금기 같은 것이 되었던 것입니다요.

얼마 전에 죽은 옆 동리 형졸 한 놈이 떠오르기도 했더랬습니다. 그 형졸은 한 사형수에게 네놈 아들이 어미와 붙어먹을 것이다, 라는 저주를 받았었는데, 얼마 지나지 않아 과연 정신이 헤까닥 돈 아들놈이 침을 질질 흘리면서 다 늙은 제 어미의 쭈글쭈글한 옥문*을 희롱한 일이 생겼지 뭡니까요. 그 충격으로 마누라는 목매 죽고 정신이 돌아온 아들놈

* 옥문玉門 : 여자의 성기.

은 낫자루로 뱃가죽을 쑤셔 죽었으니 그 꼴을 본 형졸은 화병으로 따라 죽었습지요. 에고, 무서워라. 그건 그렇고, 다시 이야기 속으로 돌아갑지요……

형졸이 벌벌 떠는 걸 알 턱 없는 가이는 다만 애절한 눈빛으로 형졸을 올려다볼 뿐이었더랬습니다.

—부디 내게 한 약조를 꼭 지켜주시오.

가이의 말을 들은 형졸, 그제야 한숨을 내쉬며 가이가 몰래 건넨 옥비녀를 떠올리는 것이었다. 형졸은 안타까운 마음 달랠 길이 없었지만 어쩌겠는가. 나라님의 지엄한 명이요, 엄연한 자신의 직분이거늘.

—걱정 마시오. 뒷일은 내가 책임지고 수습할 테니 모든 원망일랑 다 떨쳐버리고 좋은 곳에서 낭군과 더불어 운우지락雲雨之樂을 나누시오.

가이는 이 말을 듣고 안심한 듯 조용히 눈을 감는 것이었다. 일순간, 장터의 소음과 형졸들이 부산하게 움직이는 소리, 어딘가에서 밀려오는 희미한 국밥 냄새와 동리 거지들이 여기저기 지려놓은 오줌똥 냄새가 사라지고 온전한 적막이 찾아왔다. 고요한 물속처럼 안온한 기분이 된 가이는 눈을 감고 생각하자 지나온 짧은 한평생이 한낱 꿈만 같았다. 부금과 함께해온 나날들 아니었던가. 부금이 아니었더라면 평생 외롭고도 슬펐을 삶이었다. 누군가 결국 죽음에 이르도록 만든 그 사랑을 후회하는가 물으면 가이는 아마 이렇게 대답할 것이다.

—그렇게 묻는 걸 보아하니 당신은 가슴속에서 벚꽃 몽우리가 한꺼번에 터져 그 진동하는 향내에 머리가 어질어질하고, 두둥실 보름달이 꽉 차올라 가슴이 터질 것만 같은 그런 사랑을 해보지 않은 것이구려.

라고 말이다.

*

경북 청송의 양반가에서 외동딸로 나고 자란 가이는 어릴 적부터 반듯한 용모에 천성이 착하고 인정이 넘치기로 인근에 소문이 자자했었다. 가이의 부모 또한 그런 가이를 더없이 귀여워하였다. 가이는 어쩌다 거리에 나서기라도 하면 지나가는 거지들을 몽땅 집으로 끌고 들어와 배불리 먹이고 제 옷까지 주어 보내기 일쑤였다. 그럴 때마다 가이의 곁에는 사노私奴 부금이 그림자처럼 따르곤 했었는데 부금은 혹여 동리의 무뢰배들이 천진난만한 가이 아가씨를 해하지나 않을까, 언제나 노심초사하는 것이었다. 가이가 강보에 쌓여 있을 때부터 봐왔던 부금이 아니었던가. 가이는 부금을 오빠처럼 친구처럼 따랐던 것이었다. 크게 풍족하지 않았어도 부족할 것 없는 나날들이었다.

불행은 가이가 열네 살이 되던 해 여름에 몰아닥쳤다. 인근 고을에서 창궐한 전염병이 청송까지 번져 수많은 목숨을 앗아갔는데, 가이의 부모 또한 전염병의 사악한 기운을 이겨내지 못하고 허망하게 지하로 돌아간 것이었다. 가이의 부모는 죽기 직전, 마지막으로 부금에게 가이를 잘 보필할 것을 명했다.

—이리 창졸간에 죽게 되니 아직 나이 어린 가이를 어찌하겠는가. 모쪼록 험한 세상에 가이가 잘 살아갈 수 있도록 네가 밤낮으로 아가씨를 잘 돌봐야 하느니라.

상상도 해보지 못한 부모의 죽음 앞에서 가이는 그저 하염없는 눈물을 흘리고 있었으니 부금은 주인의 명을 가슴에 아로새기면서 반드시 아가씨를 지키겠노라고 다짐하고 또 다짐하는 것이었다. 드디어 부모가 마지막 숨을 놓자, 가이는 그 자리에서 까무러쳤다. 부금은 가녀린 몸으로 통곡하다 지쳐 쓰러진 가이가 안타까워 쉼 없이 눈물을 흘리는 것이었다.

부모가 졸한 뒤, 가이는 집안의 모든 대소사를 부금과 의논해 처리했다. 부모의 명복을 빌기 위해 주왕산의 절에 갈 때도 부금이 앞장섰으며, 험한 산길을 내려올 때는 기꺼이 가이를 등에 업었다. 가이는 따뜻하고 넓은 부금의 등이 너무나 좋았다. 세상천지 혼자 남게 된 자신에게 든든한 버팀목이 되는 부금이 아니던가. 가이는 슬프거나 외로울 때 혹은 울고 싶을 때나 부모가 그리울 때도 부금을 찾았다. 다른 사람들 앞에서는 한없이 당당하고 씩씩한 가이였으나 오로지 부금을 대할 때는 어떤 마음의 벽이나 경계가 없었던 것이다. 그러니 어찌 되었겠는가. 한번 상상해보시라. 하긴 뻔한 일이긴 하지만 말이다.

날이 가고 시절이 흐르면서 인근에 소문이 날 정도로 용모가 활짝 핀 가이, 온갖 일로 굳게 다져진 근육과 다부진 어깨, 구릿빛으로 그을린 살갗에 가이에 대한 절대적인 애정을 갖고 있던 부금…… 어느덧 열여섯 살이 된 가이는 익을 만큼 익어 멀찍이서 바라봐도 막 터지기 일보직전인 처녀가 되어 있었다. 그야말로 선남선녀가 아니고 그 무엇이겠는가. 어느새 서로를 바라보는 눈길에는 수줍은 설렘이 가득했고, 서로를 스치는 손길에는 뜨거운 욕망이 아로새겨져 있었던 것이다. 하지만 때가 어떤 때인가. 양반과 노비의 신분이 하늘과 땅만큼 차이 지던 조선시대가 아니던가. 신분 질서를 목숨처럼 여기던 시대였으니 부금은 감히 상상 속에서도 가이를 품을 수 없어 나날이 괴로워했다.

그런 마음을 과연 가이가 몰랐겠는가. 가이 또한 언젠가

부터 부금을 볼 때마다 부끄러웠고, 부금의 몸에서 나는 냄새를 맡을 때마다 폐가 풍선처럼 부풀어 올랐으며, 부금의 손길이 닿기라도 할라치면 심장이 파르르 떨려 온몸을 진저리 치게 되었다. 농립農笠을 쓰고 웃통을 벗어젖힌 채 땀방울을 뚝뚝 흘리며 일하고 있는 부금의 뒷모습을 볼라치면 이유 모르게 마치 심장이 바닥으로 뚝 떨어진 것처럼 가슴이 철렁, 하면서 아랫도리가 불끈거리는 것이었다.

아담한 안뜰에 피어 있던 벚나무에서 한창 꽃망울이 터질 때였다. 한가득 차오른 보름달이 마당을 비추고 있었다. 가이는 이리 뒤척, 저리 뒤척. 쉽게 잠들지 못하고 한숨을 들이쉬고 내쉬다가 바람이나 쐴 요량으로 마당으로 나섰다. 깊은 밤, 나 말고 누가 또 잠 못 들어하겠는가, 싶어 겉저고리도 걸치지 않은 채였다. 마당 가득 들어찬 벚꽃 향기가 달빛에 환하게 드러난 가이의 몸을 더더욱 달뜨게 만들었다. 가이는 숨을 깊숙하게 들이마시며 이리 걷다 뒤돌아 다시 걷다…… 걷다가 벚꽃이 흐드러진 벚나무 아래서 딱, 부금과 마주치게 되었다. 어디서 온 건지 모를 열기로 잠들지 못한 사람이 어디 가이뿐이었겠는가.

—아가씨……

—부금……

—왜 안 주무시고……

—잠이 안 와서. 그러는 부금은?

—소인도 잠이 잘 안 와서……

라고 대답하는 부금의 눈에 속적삼 밑으로 환한 달빛에 드러난 가이의 뽀얀 속살이 보였다. 부금은 깜짝 놀라 얼른 눈을 바닥으로 떨어트렸다. 바닥에는 소복하게 쌓인 벚꽃잎들이 하얗게 빛나고 있었다. 가이 또한 웃통을 풀어헤치고 잠방이만 겨우 걸친 부금의 몸에 저절로 눈이 가 멈췄다. 단단하고 믿음직한 몸이었다. 불끈 솟아오른 목덜미며 팔뚝의 힘줄에 시선이 가 닿은 순간, 가이는 이상하게 숨이 차올랐다. 마치 온 세상의 공기가 다 없어져버린 것만 같았다. 가이는 견딜 수가 없었다.

—부금……

—아가씨……

둘은 서로를 부른 채 어쩌지 못하고 달빛 아래 서 있을 뿐이었다. 흩어지는 꽃잎이 가이의 속살 위에 살포시 떨어졌다. 세상천지 모든 것이 가뭇없이 사라져버리고 오로지 가이와 부금만 남은 것 같았다. 가이가 저도 모르게 부금의 가슴팍으로 뛰어들었다.

—앗. 아가씨. 이러시면 안 됩니다.

—부금…… 왜 안 돼? 말해봐. 부금은 나랑 마음이 다른 게야?

—아니, 그게 아니라……

부금은 억센 팔로 가이를 떼어놓는 것이었지마는 가이는 기를 쓰고 부금의 허리를 꽉 끌어안고 부금의 목덜미에 어깨를 묻었다. 목덜미에서 풍겨오는 익숙한 부금의 살 내음이 가이의 모든 감각을 일깨웠다. 배운 적 없으나 그야말로 생이지지生而知之요, 익힌 적 없으나 말 그대로 천지생물지심* 이 아니고 무엇이겠는가. 가이를 밀어내는 부금의 팔에 힘이 빠지고 있었다. 부금의 품에 안겨 고개를 반짝 든 가이의 입술이 점점 벌어지고……

잠깐, 쉬어갑시다요. 워. 워. 이런 이런, 저 뒤에 앉은 처자 귓불이 왜 그리 새빨갛소? 총각! 침 좀 그만 삼켜요. 꿀꺽 하는 소리에 처자가 놀라잖아요. 자, 이리하여 어찌 되었겠습니까요? 어찌 되긴요, 아시면서……

벚꽃잎이 흐드러진 달빛 아래 들리는 소리라곤 서로의 입술과 혀를 빨아들이는 쪽쪽 소리밖에 없었더랬다. 봄바람도 숨을 죽이고 구름도 잠시 멈춰 이들의 하는 양을 물끄러미 넘겨다보고 있었으니 다만 월하노인月下老人만 지긋한 미소를 지으면서 오늘도 한 건 했구먼, 또 어디 좋은 짝이 될 성싶은 남녀가 없나 찾아보자, 하면서 훠이훠이 먼 하늘

* 천지생물지심天地生物之心 : 여기서는 하늘의 섭리, 즉 본능.

을 나는 것이었다. 하긴, 하늘에 사는 노인 따위야 지상의 법도와 무슨 상관이리. 그저 굿이나 보고 떡이나 먹으면 그만인 것을. 무슨 신이 떡을 먹냐굽쇼? 아님 말구요. 어찌 됐든.

마음을 확인한 가이와 부금. 아름다운 청춘 남녀의 사랑이 막 시작되었던 것이었으니, 먼 곳에서 서서히 폭풍이 일어나는 소리조차 이들의 귓가엔 들리지 않았던 것이었다. 양반가의 딸과 노비의 사랑이라니. 아시다시피 섶을 지고 불로 뛰어든다는 옛말은 똑 이럴 때 쓰라고 있는 것이 아니라 할 수 없는 것이었습니다. 그러나 자고로 사랑을 해본 사람은 누구나 알 일이지만 말입니다요, 사랑에 빠져 서로만 보이는 남녀에게 어디 그런 거 안중에나 있었겠습니까요. 내일 닥쳐올 폭풍보다야 지금 내 품에 안은 정인의 숨결이 훨씬 더 벅찬 거 아니겠습니까요. 이들도 그랬지요.

시간과 공간이 모두 멎어버린 듯 벚나무 둥치에 기대 서로를 파고들어 어우러지던 가이와 부금. 달도 지쳐 돌아갈 때가 되어서야 제정신이 들었다. 그러자 당장 그들을 기다리고 있는 현실이 생각났다.

—부금…… 이제 어쩌지?

—어쩌긴요. 뭘 어쩔 수 있겠어요.

—남자가 대답이 뭐 그래? 이럴 땐 여자를 위해 뭐든 척

척 알아서 해줘야 하는 거 아냐?

—아가씨, 저는 노비입니다요.

—그럼, 어째? 난 이제 부금 말고 다른 사내에겐 맘을 줄 수가 없는데.

—……

—혼인해.

—예. 예?

—누가 알겠어? 우리만 잘 살면 그만이지. 날 밝으면 혼례식도 치르자.

—하지만……

—하지만은 없어. 우린 혼인해야 해. 우리가 서로 말고 누구랑 혼인할 수 있겠어?

—그건, 그렇지만.

—이제 부금은 내 낭군이 되는 거야. 나는 부금의 예쁜 아내가 돼줄게.

새벽이슬을 맞고 서 있는 가이는 그야말로 홍안미색紅顔美色에 절세가인이 따로 없었다. 부금 아니라 그 누군들 자신과 혼인하자는 말을 거스를 수 있겠는가.

*

날이 밝자마자 가이는 총총걸음으로 집 안팎을 분주하게 오갔다. 부금에게 따로 일러 마당에 차일을 치게 했고 병풍과 탁자를 꺼내다 놓아 전안청* 역할을 하게 했다. 가이는 광에서 아껴두었던 안동 소주를 꺼내왔다. 합환주로 쓰기 위함이었다. 기러기 대신 뒷마당에서 닭을 잡아와 탁자에 올렸다.

가이와 부금은 그렇게 둘만의 혼례를 치렀다. 단정한 새 옷을 꺼내 입은 가이와 달리 부금은 화려한 사모관대 따위는 바랄 수도 없는 것이었고, 그저 남루한 단의短衣에 미투리를 꿰어 신은 차림이었어도 온 우주가 자신을 우러르고 있는 것만 같았다. 아무도 축복해주지 않고 아무에게도 알릴 수 없는 혼례식이었지만 둘의 마음만은 굳은 바위 같았다. 떠들썩해야 할 잔칫날이건만 세상이 죽어버린 듯 고요하기만 했고, 음식 냄새로 가득 차야 할 마당은 마른 바람에 폴싹이는 먼지 냄새만 풍겨올 뿐이었다. 다만 이울어가는 햇살이 따뜻하게 둘을 비춰줄 뿐이었으니 가이와 부금은

* 전안청奠雁廳 : 전통혼례에서 신랑이 기러기를 가지고 신부 집에 가서 절하는 전안의 예를 치르기 위해 차려놓은 자리.

애써 미소를 지으며 서로를 향해 절을 올리는 것이었다. 표주박 잔에 소주를 한 잔 따라 나눠 마신 가이와 부금은 감모여재도* 앞에 절을 올리면서 부모님께 혼인했음을 알렸다.

드디어 부부가 된 가이와 부금. 신행길조차 없이 그저 가이가 머물던 방을 신방 삼아 서로 손을 맞잡고 들어갔다. 신방 안에는 응당 분위기를 돋워줄 술상이 차려져 있는 바, 정갈한 소반 위에 주효酒肴가 올라 있는데 그 안주 등물을 볼작시면, 가리찜, 제육찜, 풀풀 뛰는 숭어찜, 포도동 나는 메추리 순탕에 울산에서 나는 대전복을 잘 드는 칼로 갈매기 눈썹마냥 어슥어슥 썰어놓고, 염통산적, 양볶음과 생률과 숙률, 잣송이며 호두, 대추, 석류가 그득했다. 술병치레 볼작시면 티끌 없는 백옥병과 벽해수상 산호병이 놓여 있는데 술 이름을 이를진대 이적선 포도주, 안기생 자하주, 산림처사 송엽주, 과하주 방문주, 금로주, 펄펄 뛰는 화주…… 그야말로 임금이 부럽지 않은 술상…… 그런 거 다 없었습니다요. 흠. 흠. 소반 위에는 그저 소주 한 잔에 하얀 무김치와 오이김치, 콩잎나물이 정갈한 꼽새로 올라 있었지요. 그

* 감모여재도感慕如在圖: 사당과 위패를 그린 그림으로 집 안에 조상의 사당을 따로 갖지 못한 집에서 흔히 사용했다. 보통 낡은 기와집 사당을 배경으로 그림 중앙에 위패 자리와 제사상이 있었는데 사당 주위를 소나무나 화조, 물고기 등이 도식화된 형태로 그려졌다.

러나 신혼부부 눈에는 나라님이 받는 수라상보다 훨씬 귀한 술상이었습니다요. 그렇다면 베개 두 개가 나란히 놓여 있는 이부자리 옆에 앉아 있는 신혼부부는 어떠했는가.

감히 가이를 똑바로 쳐다보지 못하는 부금. 가이는 다소곳한 몸짓으로 부금의 잔에 술을 한 잔 따르는 것이었다. 그 잔을 들어 홀짝 들이켠 부금. 그래도 목이 타들어가 맹물을 한 사발 벌컥 들이켰다. 대저 신방에서는 신랑이 판을 깔아주는 게 도리 아니겠는가. 그러나 두려움과 괴로움과 묘한 성취감이 범벅된 부금의 손은 쉽게 가이를 향해 뻗지 못했다. 가이라고 어찌 두려움이 없겠는가. 부금과는 또 다른 종류의 두려움과 설렘과 호기심으로 머뭇거리는 것이었고, 혼례를 치르고 신방까지 들어와놓고도 뭘 어쩌지 못하는 부금이 살짝 원망스러웠다. 가이는 부금의 허벅지를 세게 꼬집었다.

—아얏. 아가씨? 갑자기 뭐 하는 짓이랍니까?

—낭군님, 저는 이제 낭군님의 색시랍니다.

—아. 낭군님…… 색시……

우리 사이에 이런 호칭이 가당키나 했던가. 부금은 혹시나 밖에서 누가 듣고 있는 건 아닌지 귀를 쫑긋 기울였다. 하지만 문밖에는 소리 없이 달빛만 천천히 차오르고 있을 뿐이었다. 가슴을 쓸어내린 부금이 가이를 깊디깊은 눈으로 바라다보는데, 색시라 말해놓고 얼굴을 붉히는 가이. 화용설부花容雪膚가 따로 없었다. 그 모양을 보매 문득 전에 없던 용기가 불쑥 솟는지라. 부금은 일이 이리 된 마당에 뭘 더 두려워하랴, 이제 가이는 내 여자가 아니던가, 내 여자를 즐겁게 해주는 일 또한 사내가 응당 해야 할 일이 아니던가, 싶었다.

부금은 떨리는 손으로 간신히 가이의 옷고름에 손을 대었다. 스르, 풀려 내려간 옷고름 사이로 봉긋, 솟아난 가이의 젖무덤. 흡, 숨을 몰아 들이쉬곤 내처 저고리를 벗겨내자 살벌, 하게 속적삼 사이로 속살이 드러났다. 속적삼이 풀어지자 드러난 가녀리고 동그만 어깨. 부금은 저도 모르게 그 어깨에 쪽, 입맞춤하고 치마 여밈새마저 떨궈냈다. 이어 가이에게서 벗겨져나간 다리속곳, 속속곳, 바지, 단속곳…… 어이구야, 많기도 많다. 이래서 언제 들어가고 언제 뭘 하나, 싶은 순간. 가이는 온전한 알몸으로 부금 앞에 드러났다.

이것이 무엇인가. 여기가 어디인가. 나는 또 누구인가. 부금은 정신이 아득한 게 붕새를 타고 태산을 나는 듯했고, 그러다 뚝 떨어져 바다 속으로 곤두박질치는 듯했다. 바닷물이라도 들이켠 듯 껵껵 숨을 몰아쉬었고, 지옥불이라도 삼킨 듯 온몸이 훨훨 타올랐다. 이때 환한 달빛이 방으로 스며들었다. 달빛을 받은 가이. 오로지 한 곳, 풍성하고 검은 숲이 달빛을 가리고 있는 가이의 문 앞으로 부금의 시선은 전진, 전진. 부금은 눈앞에 있는 것이 꿈인가 생신가 몰라 고개를 절레절레 젓다가 점점 온 우주가 한 곳으로 몰려들어 터지기 일보직전이 되었다.

가이는 또한 어떠한가. 사내 앞에서 알몸이 된 것이 부끄럽기도 하다가, 터질 듯 탱탱한 처녀의 몸이 일순간 자랑스럽기도 하다가, 구석에라도 숨고 싶어 고개를 외로 꼬다가, 뭔지 모를 야릇한 마음으로 슬그머니 부금 쪽으로 다가들면서 부금의 목덜미에 깊은 숨을 내뿜다가…… 어느새 훌훌 옷을 벗어던진 부금을 머리부터 아래로 쭉 훑어보았다. 훑어보다가 우주의 중심인 듯 우뚝 선 그것에 눈이 가 멈췄으니 잘 자란 버섯 같기도 하고, 관목 숲에서 삐죽 솟아나온 늠름한 삼나무 그루 같기도 했다. 가이는 문득, 두려움과 설렘에 몸을 가눌 수가 없어서 덥석, 그것을 두 손으로 잡고서 몸을 지탱하니 흔들흔들하던 몸이 그제서야 떡하니 바닥에 단단히 붙어 있게 되었다.

헉. 가이의 두 손에 양물을 잡힌 부금은 짧은 비명을 토해내고 그 반동으로 가이의 젖가슴을 잡아쥐고 흔드니 양손에 가득 들어찬 젖살이 물컹물컹, 흔들리다가 발딱, 일어선 꼭지가 손바닥을 간질였다. 아히힝. 염소 울음소리와 함께 바닥에 쓰러져 누운 가이. 그 위에 그대로 겹쳐 누운 부금.

네 다리가 서로 꼬여 돌아가다가 그만 부금의 우렁찬 두려움이 축축하게 젖은 숲을 지나 깊디깊은 가이의 성문을 활짝 열어젖혔으니. 가이의 옥문 앞에서 드디어 만난 두 사람.

오직 부금에게만 열린 그 문으로 들어가려다 말고…… 부금은 또 머뭇했다. 여기서 무를 수 있지 않을까. 아직 안 했고, 아무도 모르지 않는가. 세상의 모든 눈이 자기를 뚫어져라 보고 있는 듯했다. 감히 모시던 양반의 딸을 내자로 삼다니, 가당키나 한 일이던가 말이다. 부금의 양물은 세상의 법도에 가로막혀 쉽사리 옥문을 통과하지 못하고 근처를 맴돌았다. 옥문 근처엔 무엇이 있던가. 잘 떠올려보시라. 부금의 주저와 세상의 금기는 오히려 옥문을 점점 더 부풀게 하고 가이를 하늘로, 하늘로 이끄는 것이었으니 가이는 문을 열지 않고도 이미 천국에 가 닿는 것만 같았다. 일전에 이러한 황홀함을 맛본 적이 있었던가. 가이는 아득해지는 가운데 저도 모르게 스스로 부금의 양물을 옥문 안으로 이끌었다. 부금의 우려와 의지를 버려두고 스스로 제 갈 곳을 찾아 들어간 그것. 천지자연의 이치가 지상의 모든 것을 넘어서는 순간이었다.

—아얏.

—아프오?

—아파. 아파. 살살……

굽이굽이 깊은 사랑, 시냇가 수양같이 척 처지고 늘어진 사랑, 화우동산 목단화같이 펑퍼지고 고운 사랑, 포도 다래같이 휘휘친친 감긴 사랑, 연평바다 그물같이 얽히고 맺힌 사랑아, 은하 직녀 직금* 같이 올올이 이룬 사랑, 하늘 선녀 침금같이 결마다 감친 사랑, 은장 옥장 장식같이 모모이 잠기고 다물다물 쌓인 사랑 네가 모두 사랑이로구나. 어화둥둥 내 사랑아! 어화둥둥 내 사랑이로구나!

마침내 가이의 옥문 깊은 곳에서 만난 두 사람, 체념과 성취감과 완전함이 그득 차올라 두 사람 주위에는 소리 없는 노랫가락이 흘러넘쳤으니, 이들의 탈 승짜乘 노래 좀 들어보소. 나는 달리 탈 바 없어 가이배 잡아타고 탈 승짜로만 둥둥둥 놀아보자. 만첩청산 늙은 범이 살진 암캐 물어다 놓고 이는 빠져 먹던 못하고 흐르렁 흐르렁 어루는 듯, 북해상의 황용이 여의주를 물고 채운** 간에 넘노는 듯, 부금이 와락 달려들어 가이의 가는 허리를 후려쳐 안고 이리 돌고 저리 돌고. 돌고 도는 물레방아, 덩더쿵. 쿵더쿵. 찧는 소리가 하늘에 닿으리니 이것은 지상의 법을 넘은 승리요, 법도의 금기 위에 일어선 봉기요, 마치 목숨이라도 건 혁명인 듯 뜨

* 직금織金 : 남빛 바탕에 은실이나 금실로 봉황과 꽃의 무늬를 섞어 짠 직물.
** 채운彩雲 : 무지개 구름.

거운 저항이었다.

마침내 새하얀 요 위에 피어난 붉은 꽃무늬. 저항의 흔적인 듯, 봉기의 훈장인 듯, 두 신혼부부의 사랑의 맹약인 듯, 붉고 진하기만 했으니. 부금은 안쓰럽고 고맙고 자랑스러운 마음에 그 붉은 핏자국을 부드럽게 쓰다듬는 것이었다. 그 모양을 보매 가이는 더더욱 부금에 대한 사랑이 솟아올라 다시금 부금의 허리를 부여잡고 끌어당기는 것이었다. 아픔을 지난 그곳에 지극한 즐거움이 뒤따랐으니, 세상의 온갖 보물 중에 최고라는 육보와 인간의 모든 유희 중에 최고라는 육희가 제대로 맞아떨어져 그 재미가 자못 진진津津하였다.

그렇다면 육보六寶와 육희六喜는 무엇이냐. 이쯤에서 노생이 잠깐 끼어듭지요. 자고로 육보란 평생을 규방에 사는 규수들이 듣기만 해도 가슴이 벌렁벌렁, 사타구니가 움찔움찔, 온몸의 열릴 것은 열리고 벌어질 것은 벌어지게 만든다는 바로 그것이었으니, 높이 솟고(앙昻) 따뜻하며(온溫) 머리가 큰데다(두대頭大) 줄기는 길고(경장莖長) 그 움직임이 힘차며(건작健作) 끝나기는 또 더뎌서 밤을 지새우고도 남는다는(지필遲筆) 양물이 바로 육보가 아니겠습니까요. 거기, 처녀, 고개 들어요. 괜찮다니까. 처녀도 미리미리 배워두면 좋은 일이지. 안 그렇습니까요.

반면에 육희는 또 무엇이더냐. 거기, 총각. 이 사람이 무슨 말을 할지 아는 얼굴이네그려. 고만 웃으라니까. 오늘 밤에 총각 방에 요강 넣어주지 마쇼, 깨집니다. 알았어요, 알았어. 얘기한다니까. 육희란 무엇이냐. 거기 말이지, 뭐. 거기가 말입죠. 이리, 가까이들 와봐요. 육보가 떡하니, 들어가는데 좁디좁은데다(착窄) 뜨겁고(온溫) 또 꽉 물어 잘근잘근 깨무는 것도 모자라(교嚙) 엉덩이는 이리저리 잘도 도는데(요본搖本) 벌어진 입에서는 즐거워 숨 막히는 소리가 끊이지 않고(감창甘唱) 음액이 지체 없이 나오는(속필速畢) 그런, 거시기가 바로 인간 세상의 최고 육희다, 이 말입지요. 저, 저, 저 뒤에 상투도 안 튼 총각이 고개를 끄덕이는 건 뭐요? 어젯밤이 생각나나 보네. 흠흠. 자, 이제 이 사람 말이 맞는지 아닌지는 오늘 밤에 일단 한번 해보고 내일 다시 와서 말씀하쇼, 들. 그럼, 다시 이야기로 돌아갑니다요.

그렇게 육보와 육희가 만났으니, 하. 후아, 후아. 이 노릇을 어쩔까나. 입에서는 깔딱깔딱 숨넘어가는 소리, 밑에서는 쿵덕쿵덕 달밤에 방아 찧는 소리, 밖에서는 지나가던 월하노인이 멈춰 서서 침 삼키는 소리. 부금과 가이는 그야말로 양귀비를 삼킨 듯, 봉황을 타고 나는 듯, 또는 이 세상과 저세상을 무시로 넘나드는 듯 무아지경이니, 날 새는 줄도 몰라 방문 밖으로 새나오는 환성에 하얗게 질린 달도 달아오를 지경이었다. 달마저 잠들고 해가 떠오르기 시작한 시각이 되어서야 온몸이 땀범벅인 두 사람은 깊은 잠에 빠져드는 것이었으니, 가슴속엔 삼생가약* 의 맹세가 굳게 새겨져 있었다.

*

세월은 흘러 어느덧 가이와 부금이 혼인한지도 일 년이 지난 어느 날. 두 부부는 여전히 금슬지우琴瑟之友가 넘쳐 행복한 나날을 보내고 있었다. 마당에서 장작을 패고 있는 부금과 그 곁에서 갓난아이에게 젖을 물리고 햇볕을 쬐고 있는 가이. 시간은 흐르는 듯, 멈춘 듯, 평화롭기만 하고 서로를 바라보는 부부는 연신 미소를 짓고 있었는데……

탕, 탕, 탕.

거칠게 문 두드리는 소리가 들려왔다.

—누구요?

—문 여시오. 관아에서 나왔소.

관아라는 말에 가슴이 철렁, 내려앉는 가이와 부금. 가이

* 삼생가약三生佳約 : 전생과 현생으로부터 후생까지 이어질 굳은 언약.

는 얼른 저고리를 수습하고 부금은 떨리는 손으로 문을 빼꼼 열었더니. 우르르 쏟아져 들어오는 나졸들, 다짜고짜 가이와 부금을 포박하는데…… 간신히 부엌 어멈에게 아이를 맡기고 끌려가는 가이와 부금. 올 것이 왔구나, 하는 결연한 표정에 두고 가는 아이에게서 눈을 뗄 줄 몰랐으니.

여기는 청송 관아. 마당 앞에 꿇어앉은 가이와 부금을 향해 현감이 뇌성벽력처럼 호통을 치는 것이었다.

—근자에 노비 놈이 양녀와 혼인한 일이 있다는 소문이 돌더니만, 감히 네 연놈들이 지엄한 나라법을 어기고도 살기를 바랐더냐?

—아닙니다요. 쇤네들은 다만 둘이 함께 살기를 원한 것뿐이옵니다. 부디 굽어 살펴주시옵소서.

—닥쳐라. 양반의 딸과 노비 놈이 사통한 것도 모자라 나라의 근간까지 흔들려고 하는 것이더냐?

호통치는 현감의 소리에 듣는 이 모두 모골이 송연해지는 것이었지마는, 오로지 부금과 가이는 눈을 부릅뜨는 것이었다.

—우리가 사람을 죽였습니까? 도둑질을 했습니까? 어찌 우리더러 죄인이라 하십니까?

—네 연놈들이 음사淫事에 빠져 사리분별이 안 되는 게로구나.

격노한 청송 현감은 이 사건을 경상도 감영에 보고했으니 경상도 관찰사로부터 하명된 판결은 이러했다.

—대저 양반의 딸과 천민 노비가 서로 혼인하는 것은 나라법으로 엄하게 금지하는 일이다. 그러므로 이는 강상* 의 죄를 저지른 것이라고 할 수 있다. 또한 양녀 가이는 양반의 위신을 땅에 떨어뜨렸으니 용서할 수 없다. 노비 부금과 이혼시키고 왜관에 있는 왜인 손다孫多에게 시집보낼 것을 판결하노라.

자, 이것은 어떠한 판결인가. 노비와 혼인했단 이유로 나라에서 강제로 이혼시키는 것도 모자라 왜인에게 억지로 재가를 시키라는 명이었으니, 당시 왜인은 섬나라 사람이라 하여 조선에서는 노비보다 더 천하게 여겼다. 그러니 양반의 위엄을 땅에 떨어뜨린 가이에게 죽음보다 더 치욕스러운 벌을 내린 것이다. 사랑하는 사람과 헤어지는 것도 분통이 터져 죽을 일인데 말도 통하지 않는 천한 왜인에게 시집을 가야 한다니. 가이는 자신의 기구한 운명 앞에 어쩔 줄 모르고 하염없이 눈물만 흘리는 것이었다.

—아. 아. 이럴 수는 없는 일이다. 부금! 아가! 이제 나는

* 강상綱常 : 삼강오륜에 벗어난 죄. 부모나 남편을 죽이거나 노비가 주인을 죽이는 등의 반인륜적인 범죄로 대역죄 다음으로 중한 범죄다.

어찌해야 한단 말인가.

이튿날, 강제로 왜관으로 끌려가는 가이는 목이 터져라 울부짖었다.

—부인, 부인. 내 꼭, 꼭 무슨 수를 써서라도 꼭, 찾아가리다. 부디 밥 거르지 말고 건강하게 살아만 있어주오.

아이를 안은 부금은 나졸에게 가로막혀 더 이상 가이에게 다가가지 못하고 애타게 부르짖었으니 품 안에 안긴 어린 것은 몸을 떨며 앙앙, 날이 새도록 울 뿐이었다.

왜인 손다와의 결혼 생활은 지옥 같은 것이었다. 억지로 시집온 것만도 복장 터질 일인데 하물며 손다가 가이를 학대하는 것이 아니겠는가. 하긴, 이해가 안 되는 일도 아닌 것이 손다로서도 제 나라를 떠나 머나먼 타지에 와 살고 있는 것만도 서러운데 나라에 큰 죄를 짓고 그 벌로 자신에게 시집온 여자가 아닌가. 거기다 가이는 이미 결혼했던 몸으로 딴 놈의 아이까지 낳아 기르던 몸이 아니더란 말인가.

—아아. 여자 몸으로 태어나 한 남자를 사랑한 것이 이리도 죄란 말인가.

죄 없이 죄인이 된 가이는 하늘을 우러르며 하루도 원망과 탄식으로 지새우지 않는 날이 없었다. 이 얼마나 서글프고 비참한 운명이더란 말인가. 가이는 섬섬초월纖纖初月이 뜰 때나 보름달이 가득 찰 때나 그저 달을 보매 부금과 아이가 그리워 하염없이 눈물만 흘릴 뿐이었다.

*

이러한 세월이 흘러갔다. 꽃 피고 새 우는 봄철이 지나가고, 한여름 만산은 푸르게 천하를 유혹하고, 산에서 들려오니 제비는 강남을 찾아가고, 낙엽은 부끄러운 듯이 인간 발밑에 밟히고, 마른 나뭇가지에 낮에도 바람이 물결치며, 백설과 빙판으로 하늘이 뒤덮이고 찬바람 부는 북풍 엄동설한이 몇 번이고, 몇 번이고 흘러갔던 것. 흘러가는 세월은 잡을 수가 없으며 마치 영원처럼 길기만 한 것이었으니.

부금은 매일 가이 생각을 하면서 가슴을 쥐어뜯지 않은 날이 없었다. 어미 없는 어린것은 엄마를 찾아 울다 지쳐 잠드는 것이었으니. 딱 한 번만이라도, 가이 얼굴을 단 한 번만이라도 볼 수만 있다면 죽어도 좋을 것만 같았다. 열여섯 꽃다운 나이에 혼례를 치르고 달빛을 받으며 신방에 앉아 있던 가이는 얼마나 고왔던가. 꼭 쥐면 터질까, 훅 불면 날아갈까. 낮에도 밤에도 노심초사, 오매불망. 그리 귀히 여기던 가이가 아니던가.

—그래. 가자. 죽기밖에 더 하겠는가.

부금은 주저 없이 자리를 박차고 일어났다. 수년의 시간이 흘러 관아의 감시도 소홀해진 때였다. 경북 청송에서 부산 왜관까지 거리가 얼마나 되는지도 몰랐다. 몇날 며칠을 걸었는지 몰랐다. 가지고 간 미투리도 다 해져 싸구려 짚신을 신고 걷고 또 걸었다. 입술이 부르트고 얼굴은 검게 타들어가 동네 거지꼴이 다 되었을 무렵, 왜관에 닿았다. 묻고 또 물어 손다의 집을 찾은 부금. 마침 손다는 출타하고 없었으니, 드디어 뒷담 아래서 몰래 가이를 만날 수 있게 되었다.

—아…… 낭군님.

—여보…… 부인.

부금과 가이는 한마디도 할 수 없었다. 맞잡은 두 손 사이로 떨어져 흐른 눈물만 흥건할 뿐이었다. 꽃처럼 곱던 가이는 마치 불치병 환자인 듯 해쓱했고, 몸은 비쩍 말라 피골이 상접해 있었다. 남편 잘못 만나 그 곱던 사람이 이리 되었구나. 이 죄를 어찌할꼬. 대체 이 노릇을 어쩌면 좋단 말인가. 부금은 면도칼을 가지고 가슴을 갈래갈래 찢는 것만 같았다.

—낭군님. 돌아가시어요. 이곳은 위험합니다.

—부인, 어찌 이리 상했단 말이오. 모두 내가 못난 탓이니, 이런.

—그런 말씀 마시어요.

가이는 부금의 품에 얼굴을 파묻고 느껴 우는 것이었다.

—이만 돌아가시어요. 저는 이미 그 옛날의 가이가 아니랍니다.

—그 무슨 말이오. 당신의 이 모든 고초가 나 때문이거늘. 당신은 여전히 내게 꽃처럼 아름다운 사람일 뿐이오.

부금과 가이는 서로 목 놓아 우는 것이었다. 이토록 애틋한 이들이건마는 무엇을 어찌할 수 있겠는가. 가이를 만나고 돌아온 부금은 속이 홧홧해 잠을 이룰 수 없었다. 밤마다 짐승 같은 손다 놈에게 학대를 당할 가이를 생각하니까 한시도 편한 방 안에 앉아 있을 수가 없었다. 몇날 며칠 비탄의 한숨과 분노의 탄식을 내뱉던 부금. 결심한 듯 입을 앙다물고 떨쳐 일어나 이웃에 친하게 지내던 이내근내李乃斤乃를 찾아갔다. 전답의 반을 주기로 약조한 부금, 이내근내와 함께 다시 동래의 왜관으로 향했으니……

달도 없는 그믐밤이었다. 하늘도 내 처지를 딱히 여겨 나를 돕는 것인가. 부금은 불 꺼진 손다의 방문 앞에서 깊은 숨을 들이쉬었다 도로 내뱉었다. 손에 쥔 낫자루의 날카로움도 어둠에 가려 숨죽이고 있었다. 스르륵.

—누구요.

—쉿. 부인, 나요.

놀라 깨어 일어난 가이는 부금의 목소리를 듣고 심장이 떨어지는 줄 알았다.

—어찌……

가이가 뒷말을 물을 새도 없었다. 부금과 이내근내는 손다에게 다가들었다. 술에 곯아떨어져 깊이 잠든 손다를 내려다보고 있자니 지난 세월 가이가 겪었을 서러움이 생각나 분기가 충천하였다. 낫을 든 팔을 높이 치켜든 부금, 가이를 한 번 뒤돌아보고는 그대로 내리쳤다. 확, 핏줄기가 이불 위에 흩뿌려지고 외마디 비명도 내지르지 못한 손다는 눈이 튀어나올 듯 커지다가, 입이 찢어질 듯 벌어지다가, 손을 들어올리려다 말고, 그대로 숨통이 끊어졌다. 목덜미에서 콸콸, 쏟아지는 피가 방바닥에 검붉게 번져갔다. 두려움에 목소리조차 나오지 않는 가이. 벌벌 떨며 굵은 눈물을 흘리는 가이. 피 칠갑이 된 부금의 손을 잡고 소리 없는 통곡을 하는 것이었다. 옷고름을 뜯어 부금의 얼굴을 닦아주는 가이. 옷고름엔 금세 피눈물이 물들었으니, 부금은 그 자리에 낫을 던져버리고 이내근내와 함께 가이를 부축하고 방에서 나왔다. 피웅덩이를 밟고 나온 발자국들이 걷는 걸음마다 낙인인 듯 바닥에 붉게 아로새겨졌다.

부금과 가이는 어두운 밤을 틈타 도망쳤다. 달빛도 구름 뒤에 숨어 이들의 발길을 재촉했다. 산을 넘고 고개를 지나,

다시 고개를 넘고 넘어…… 아리랑 아리랑 아라리요, 아리랑 고개를 넘어간다. 고개는, 고개는 끝도 없이 가이와 부금의 발목을 잡고 고개는, 고개는 사랑하는 이들의 가슴을 쥐어뜯어 고개는, 고개는 눈물과 한숨으로 켜켜이 쌓여갔나니. 정신이 나간 듯, 혼백이 빠진 듯, 훠이훠이 바닥을 딛지 못하는 걸음은 어느새 청송의 정겨운 집, 이들이 만나고 사랑하고 헤어졌던 바로 그 집으로 향하고 있었다. 깊은 밤 동네 앞에 당도한 가이와 부금. 잠시 멈칫하는 것이었으나 달리 이곳 말고 어디로 갈 수 있겠는가. 가이와 부금은 힘겹게 미소 지으며 서로를 바라보는 것이었다. 그리고 두 손을 꼭, 맞잡은 채 그립고도 그리운 집으로 들어갔다.

이 얼마 만에 맡아보는 냄새인가. 방에 들어서자마자 가이는 두 팔을 벌리고 익숙한 내음을 깊숙이 들이마셨다. 방 안에는 가이가 나고 자라면서 공기처럼 자연스럽게 호흡했던 편안하고 향기로운 냄새가 가득 차 있었다. 그래, 내가 있어야 할 곳은 여기야. 바로 부금의 옆자리인 게야. 가이는 헝클어진 머리를 손으로 쓸어넘기고 흙투성이 옷매무새를 가다듬었다. 부금은 그저 하염없이 가이를 바라다보고 있었다. 다른 건 아무것도 필요 없었다. 가이가 이렇게 옆에 있으니 무엇이 더 필요하겠는가. 부금은 와락 가이를 끌어안았다.

그렇게 떨어져 있던 둘이 드디어 하나가 되었으니. 죄도 없이 죄지어서 더욱 불타는 마음들이 아니겠는가. 피 묻은 그리움과 서러운 눈물이 범벅되어 서로의 더러운 옷가지를 벗겨내는 손길은 더없이 간절하기만 했다. 여지없이 드러난 속살, 어느새 빈 몸이 된 가이와 부금은 서로를 향해 가만가만 다가갔다. 불꽃에 덴 듯 타오르는 눈길들. 그래, 이제 다시 혼자가 아니구나. 무슨 말이든 해서 무엇하랴. 고요한 언어가 둘을 감싸안고 뜨겁게 흘러다녔다.

몸짓으로 풀어낸 홍건한 그리움, 가이는 너무나 기쁜 맘으로 부금의 품으로 몸을 나리었다. 갈 곳 몰라 쓸쓸하던 몸과 몸이 다시 만나 요철凹凸이 딱 들어맞으니 그 황홀경은 천국과 지옥을 넘나들고 삶과 죽음을 가로지르며 하늘과 땅 사이를 무시로 널뛰는 것이었다. 춤이거나 바람이거나 눈물이거나…… 가이가 기뻐 내지르는 소리에는 눈물이 묻어 있고 가이의 허리를 꽉 부여잡은 부금의 손등에는 핏물이 묻어 있었다.

—미, 안, 하, 오……

—미, 안, 해, 요……

찔꺽찔꺽. 꺽꺽 넘어가는 숨소리에 미안하단 한마디가 지극한 애무인 듯, 뜨거운 유혹인 듯, 눈물과 함께 흘러내렸다. 무모함은 금세 거짓말처럼 아물고 할딱이는 가쁜 숨은 무덤가에 불어넣는 깊은 호흡인 듯 하리하리 꽃으로 피어나고 옥문 안에서 만난 두 사람은 어느새 우뚝 산 하나를 지어내었다. 그 산 주위를 싸고도는 깊고 검고 질척한 늪. 찐득한 늪 속에 마지막 한 방울 눈물이 돌아드니 가이와 부금은 눈물 속에, 늪 속에 빠져 온몸이 푹 젖어들었다. 운우지정雲雨之情으로 꼬박 지새운 밤이었다.

창호지 바른 문틈으로 하얗게 바랜 햇살이 비쳐들어서야 두 사람은 서로에게서 떨어져나왔다. 그 빛에 부신 듯 서로를 바라보는 가이와 부금. 새하얗던 요는 땀과 눈물과 애액과 정액이 스며들어 질척거렸다. 밤새 거친 길을 필사적으로 달려, 내달리느라 시퍼렇게 멍든 온몸, 서로에게 부딪치며 서로에게 파고들며 죽을 듯이 교합하던 지난밤의 고스란한 흔적이었으니 가이와 부금은 서로의 몸에 새겨진 푸른 멍을 손으로 쓰다듬고 혀로 핥았다. 그리고 나란히 누워 밝아오는 새벽빛을 바라보았다. 새 우는 소리가 방문을 넘어 들어왔다. 그러고 있자니 순간이 영원인 듯, 세상이 멈추고 이대로 굳어진 듯, 고요하기만 했다. 오로지 너를 사랑한다는 한마디, 건네고 싶었다. 어쩔까나, 이내 사랑……

*

청송의 어느 마을 어두운 방 안에서 시간이 멈춰 흐르지 않는 듯, 혹은 온 우주의 폭풍이 다 그곳으로 쏟아진 듯 출렁이고 있던 그 시각. 부산의 왜관에선 그야말로 난리가 났더랬으니 나라에서 허락한 일본과의 유일한 외교 통로가 왜관이 아니었던가. 그곳에서 일어난 살인사건은 그야말로 온 나라를 발칵 뒤집어놓는 큰일이 아닐 수 없었다. 유례없이 빨리 사건 소식이 한양까지 들어갔고 형조에서는 지체없이 부금과 가이를 용의자로 지목해 두 사람을 잡아들였다. 사안이 중한지라, 형조판서 노한이 직접 심문했다. 결국 애정 문제에 얽힌 치정살인으로 밝혀졌으나, 노한은 내심 가이와 부금이 안쓰러운 마음이 들었다. 그래서 세종에게 다음과 같이 계를 올렸다.

—가이라는 양녀가 전남편 부금과 이웃 사람 이내근내와 공모하여 남편 손다를 죽였으니, 가이는 나라법에 의해 능지처참해야 할 것이나 사정을 살피자면 이렇습니다. 가이는 애초 나라의 강제 명령에 의해 남편 부금을 버리고 손다에게 억지로 시집갔던 것이니, 음란하고 방자해서 남편을 죽인 경우와는 사뭇 다릅니다. 청컨대 가이는 일 등을 감해 교형에 처하는 율로 비부[•]하고 부금은 참수형에 처하며, 이

내근내는 공모자일 뿐이니 교형에 처하소서.

세종이 사연을 듣고 보니 딱한 맘이 들었지마는 나라의 기강에 관련된 문제인데다, 사대부들이 두 눈을 부릅뜨고 지켜보는지라, 비록 왕이라 하더라도 이들을 구제해줄 수는 없었다. 다만 노한의 청을 받아들여 가이를 능지처참하는 것만은 막도록 처결했던 것이었다.

잠깐, 노생이 좀 끼어듭지요. 여기서 능지처참陵遲處斬이란 무엇이냐. 일단 죄인을 죽인 다음, 그 시체를 머리, 왼팔, 오른팔, 왼다리, 오른다리, 몸통의 순서로 찢어 각지에 보내 여러 사람들에게 보이는 형벌입지요. 그러니 죽어서도 편안히 잠들지 못하고 그 혼백이 구천을 떠도는 무시무시한 형벌입지요. 또한 참형은 회자수劊子手라 불리는 망나니가 목을 베어 죽이는 것을, 교형絞刑은 목매달아 죽이는 형벌을 말합니다요. 아무튼.

각각 참수형과 교수형을 받게 된 부금과 가이. 판결이 떨어지자마자 사형수들은 대구 감영으로 압송되었다. 옥사에 쓰러져 있던 가이, 마지막 힘을 내 일어나 관찰사 뵙기를 청했다.

—그래, 무슨 일이냐.

* 비부比附 : 죄에 맞는 조항이 없을 때 비슷한 조문條文이나 전례에 따라 적용하던 일.

—죽기 전에 청이 한 가지 있사옵니다.

—말해보아라.

—제 남편 부금의 시신을 제가 스스로 수습할 수 있도록 허락해주십시오. 이렇게 복망伏望하옵니다.

가이는 이마를 땅에 조아리며 진심으로 빌었다. 자고로 죽음을 앞에 둔 사람에게는 누구나 너그럽게 대하는 법. 인면수심의 잔인한 사람이 아니라면 누군들 외면할 수 있으리오. 관찰사는 측은한 마음에 그렇게 해도 좋다는 영을 내렸다. 그렇게 해서 가이의 형 집행은 부금의 처형일 다음 날로 정해졌다. 가이는 묫자리를 청송의 집 근처로 하고 싶었으나 대구 감영에 갇힌 처지가 아닌가. 가이는 청송을 바라보고 누운 작은 언덕 위, 바람과 달빛이 무시로 드나드는 한적한 곳에 부금을 안장할 채비를 마쳤다.

마침내 부금의 참수형 날. 가이는 마지막으로 부금을 만날 수 있었다.

—……

—……

서로를 마주한 가이와 부금. 손을 맞잡은 채 아무 말도 할 수 없었다. 그저 하염없이 눈물만 흐를 뿐이었다.

—미안하오. 나와 혼인하지 않았다면 양반과 결혼해 행복하게 잘 살았을 것을……

—그런 말이 어디 있답니까. 우리는 서로 다른 날 이 세상에 왔으나 죽음을 함께하니 죽어서도 함께 있을 것입니다.

—부인…… 지켜주지 못해 미안하고, 또 미안하오.

—잊지 마시어요. 저는 당신의 가이입니다.

서로를 바라보는 가이와 부금의 눈길은 그 어느 때보다 사랑으로 가득 찼다. 마치 처음 사랑에 빠졌을 때와 같았으니, 열여섯 꽃 같던 그때, 다부진 몸으로 세상이라도 짊어질 수 있을 것만 같던 그때, 환한 달빛 아래 가슴 설레던, 두려움과 설렘으로 숨 가쁘게 서로의 품을 찾아들었던 바로 그 때로 돌아가고 있었다.

—부금……

—가이……

둘은 마지막 입맞춤을 했다. 비록 더럽고 무서운 옥사 안이었으나 길고도 진한 입맞춤은 지상에서 끝나지 않고 하늘로 이어질 듯 황홀한 것이었다. 마침내 형졸들에 의해 사형장으로 향하는 부금. 오라에 묶인 가이는 멀리서 부금의 모습을 지켜보았다. 대구 감영 선화당 앞 공터에 사형대가 만들어졌다. 관찰사는 이미 도착해 있었다. 부금이 끌려나오자 모여 있던 사람들 입에서 저마다 탄성이 터져나왔다. 부금은 웃통이 벗겨지고 겨드랑이에는 긴 장대를 넣어 묶고, 양쪽 귀에는 화살이 꽂혀 있었다.

귀에 화살은 왜 꽂는 것이냐굽쇼? 참수형을 당하는 사형수가 최후의 순간에 발악하는 것을 막기 위함이지요. 화살이 귀에 꽂힌 고통으로 인해 형 집행 전에 벌써 정신이 나가버리니까요. 부금도 이미 정신이 혼미해진 듯 눈빛이 흐려져 있었습지요. 형은 지체 없이 진행되었습니다요. 사형수가 정신이 돌아오기 전에 끝내야 하니까요.

판관이 판결문을 읽자 곧이어 회자수가 커다란 칼을 들고 등장했다. 사람들이 흡, 숨을 죽이는 순간이었다. 회자수는 부금을 싸고돌며 덩실덩실 춤을 추었다. 갑자기 하늘이 캄캄해졌다. 먹구름이 해를 가리고 천지를 호령하듯 번개가 몰아치더니 비가 쏟아지기 시작했다. 마른 가을 하늘에 흔치 않은 큰비였다. 사람들이 여기저기서 웅성대기 시작했다. 누군가 억울한 죽음 때문에 하늘이 노한 것이라 했고, 누군가는 양반 노비가 없는 세상이 있었으면 좋겠다고 속삭였으며, 또 누군가는 억울하게 죽는 자의 혼백이 이 나라에 저주를 내릴 거라 중얼거렸다.

사형은 중단 없이 진행되었다. 회자수가 탁주를 한 모금 입에 물더니 푸우, 칼에 내뱉은 뒤 다시 형장을 돌며 춤을 추었다. 거칠게 내리는 빗줄기도 따라서 이리저리 흔들렸다. 그때, 회자수의 칼이 빗줄기를 가르며 부금의 목 위로 떨어졌다. 칼이 떨어진 곳에서 핏줄기가 거꾸로 솟았다. 보던 사람들도 파르르 몸을 떨었다. 가이는 눈을 질끈 감았다 떴다. 쓰러지려는 몸을 기어이 버티며 꼿꼿하게 서 있었다. 모든 것이 현실 같지 않았다. 눈물도 나지 않았다. 눈을 다시 감았다 뜨면 꿈에서 깨어날 수 있지 않을까. 그저 눈만 연신 깜박이는 것이었다.

형졸들이 소반에 부금의 머리를 얹어 판관에게 가져가 보였다. 판관이 고개를 끄덕였다. 죄인의 죽음을 확인하는 절차였다. 약속대로 부금의 시신을 수습한 가이. 야트막한 언덕 위에 부금을 묻고 그 옆에 앉아 하염없이 청송 쪽을 바라보았다. 내일이면 여기에 같이 누워 그 옛날 행복했던 때로 다시 돌아가 영원히 함께 살 수 있겠지. 흙 한 줌을 손에 쥔 가이는 희미한 미소를 지으며 저 멀고도 높은 하늘을 우러러보았다.

—내가 죽은 뒤에 이곳에 함께 묻어주오.

가이는 옥사로 돌아온 뒤 형졸에게 옥비녀를 뽑아주며 마지막 당부를 했다.

—세상이 다 그런 거요. 너무 억울하다 생각지 말고 저세상에서는 양반 노비 없는 곳에서 남편과 함께 행복하게 사시구려.

비녀를 받아든 형졸은 안타까운 마음에 가이의 부탁을 꼭 들어주겠노라 다짐하고 또 다짐하는 것이었다.

*

이튿날. 한바탕 가을비가 쏟아지고 난 하늘은 시리게 푸르렀다. 형장 바닥엔 어제 부금이 흘린 피가 채 씻겨나가지 않은 채 말라붙어 있었다. 바로 그 위에 설치된 단 위에서 오라에 묶인 가이가 형 집행을 기다리고 있었다.

—죄인은 고개를 들라.

관찰사의 목소리가 날카로운 창인 듯 가이의 심장을 찔렀다.

—죽기 전에 하고 싶은 말이 있는가.

—아무런 원망도 남아 있지 않습니다. 다만 소인이 죽은 뒤 부금과 함께 묻어주시기를 청하나이다.

가이의 말에 모여 있던 군중 속에서 또 탄식이 터져나왔다. 여인네들은 눈물을 훌쩍거리기도 했다. 형졸들도 들리지 않게 혀를 찼다.

—그리 하라.

가이는 자리에서 일어나 관찰사에게 절을 올렸다. 진심으로 고마운 마음이었다. 지체 없이 판관이 판결문을 읽었다. 형졸들이 가이를 일으켜 세워 목에 밧줄을 걸었다. 가이는 잠깐 먼 하늘을 바라본 뒤 눈을 꼭 감았다. 감은 눈에 미소를 짓고 있는 부금이 떠올랐다. 가이도 또한 열여섯 처녀처럼 수줍게 미소 지었다.

—형행刑行!

관찰사의 명이 떨어지자마자 덜컹, 가이의 발아래 판자가 밑으로 떨어졌다. 새하얀 소복을 입은 가이가 허공에서 대롱대롱 발버둥치다가 이내 축 늘어졌다. 여인들은 비명을 질렀고, 사내들은 혀를 끌끌 찼다. 사람들이 흘린 눈물이 흘러 흘러 바닥에 지워지지 않는 골이 새겨졌다. 구름 한 점 없이 푸르고 높은 하늘이 마치 탄식하듯 일순간 어두워졌다. 마지막 숨이 끊어진 것을 확인한 형졸들이 공중에서 가이를 끌어내려 바닥에 눕혔다. 핏기 없는 죽은 자의 얼굴에는 아직 미소가 희미하게 남아 있었다. 형졸들은 가이의 시신을 수습하면서 속으로 좋은 곳으로 가기를, 그래서 죽은 부금과 함께 이제는 눈물 없이 행복하기를, 진심으로 빌어주는 것이었다. 그리고 각자 집으로 돌아가 자식들에게 살고 싶으면 절대, 양반들에게 대들면 안 된다고 가르치고 또 가르치는 것이었다.

* 여러 가지로 도움 말씀을 주신 이수광 님께 감사드립니다.

팔월의 눈

구경미

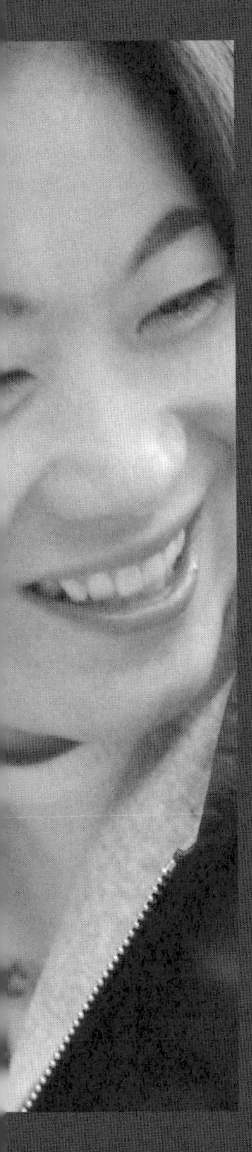

1972년 경남 의령에서 태어나, 경남대학교 국문과를 졸업했다.

1999년 《경향신문》 신춘문예로 등단하였고,

소설집 《노는 인간》 《게으름을 죽여라》,

장편소설 《미안해, 벤자민》 《라오라오가 좋아》 《키위새 날다》

《우리들의 자취 공화국》을 출간했다.

〈작업〉 동인으로 활동하고 있다.

1

점점 다가오는 발소리. 평상에 누워 있던 나는 눈을 떴다. 얼굴 위의 밀짚모자를 걷어내자 햇살이 눈을 찔러왔다. 나무 그늘은 저만치 멀어져 있었다. 눈물방울을 질금거리며 얼굴을 찌푸리는데 다시 들리는 발소리. 다음 순간 무언가가 내 얼굴 위로 드리워졌다. 햇살을 가리며 나를 들여다보고 있는 것은 커다란 얼굴이었다. 우리는 눈이 마주쳤다. 둥근 철모 아래의 눈동자는 조금의 흔들림도 없었다. 나는 올려다보고 그 얼굴은 내려다보았다. 우리는 잠시 동안 아무 말 없이 서로의 얼굴을 바라보았다. 나는 몸을 일으켜 앉았다.

목덜미에 맺힌 땀을 손등으로 닦았다. 손등은 다시 바지자락에 문질렀다. 그동안에도 군인은 여전히 같은 자리에 선 채 나를 내려다보고 있었다. 처음 보는 얼굴이었다. 같은 아파트에 사는 군인도 아니었고, 우리 집에 자주 들르는 군인도 아니었다. 지금껏 나를 이렇게 뚫어져라 쳐다보는 군인은 없었다.

아저씨는 누구예요?

하지만 나는 묻지 못했다.

넌 누구니?

그도 내게 묻지 않았다. 그래도 나는 대답했다.

"우리 아버지도 군인이에요."

"……"

나는 고개를 갸우뚱했다. 내가 그렇게 말했을 때 나에게 친절을 베풀지 않은 군인이 없었다. 게다가 내가 다른 아이들처럼 '아빠'라고 하지 않고 '아버지'라고 부른다는 것을 놓치는 군인도 없었다. 그들은 기특하다는 표정으로 내 머리를 쓰다듬거나 용돈을 주었다. 아무런 반응을 보이지 않은 군인은, 머리를 쓰다듬지도, 그러니? 하고 묻지도 않은 군인은 그가 처음이었다. 우리는 잠시 더 서로를 바라보았다. 그러다 내가 먼저 고개를 돌렸다. 내게 흥미를 보이지 않는 군인에게 나 역시 흥미가 생기지 않았다. 그가 아니더라도 주위에는 군인이 쌔고 쌨다. 우리 아파트만 해도 아버지들은 모두 군인이었다.

언덕 아래에서 웅성거리는 소리가 들렸다. 잠시 후 낯선 군인 둘이 아파트 마당으로 들어섰다. 그들의 군화 소리가 좁은 마당을 가득 채웠다. 평상 옆에 서 있던 군인이 잽싸게 달려가 그들에게 경례했다. 그러고는 목소리를 낮춰 뭔가를 보고했다. 귀를 쫑긋 세웠으나 그들이 속삭이듯 말하는 바람에 내게까지 들리지는 않았다.

누구네 집에 온 손님들이지?

방문자의 목적지를 알아내 그곳으로 안내하는 것, 그것은 평소 나의 의무이자 권리였다. 내가 먼저 방문자에게 다가가 목적지를 물어볼 때도 있고, 방문자가 내게 다가와 물어볼 때도 있었다. 그러면 나는, 우리 아버지도 군인이에요, 말한 뒤 그들을 원하는 곳으로 안내했다. 이 아파트에서 내 역할을 대신할 다른 아이는 없었다. 아이들은 모두 아주 어리거나 아주 컸다. 아주 어린 아이들은 나만큼 똑똑하지 못했고, 아주 큰 아이들은 섬을 떠나 도시에서 살았다. 아주 큰 아이들은 섬을 떠나기 전에는 도시에서 살지 못해 안달했고, 섬을 떠난 뒤에는 (이미 떠났으면서!) 다시 또 빨리 떠나지 못해 안달했다. 한두 달에 한 번쯤 다녀가는 그들은 토요일 저녁에 왔다가 일요일 아침이면 바람처럼 떠났다. 중학생이 되면 나 역시 섬을 떠나야 했다. 그러나 아직은 먼 미래의 일이었다. 나는 아홉 살, 이름은 김미진. 나중에는 어떨지 모르겠지만 지금은 섬을 떠나고 싶지 않았다.

마당 입구에서 얘기를 나누던 군인들이 평상으로 다가왔다.

네, 그 집 알아요. 우리 아버지도 군인이에요.

나는 대답을 준비했다. 그러나 군인들은 나를 흘끗 보았을 뿐 그대로 평상을 지나 아파트 안으로 들어갔다. 나는 좀 멍한 상태로 앉아 있었다. 지금까지, 내가 있음에도 불구하고 나를 통하지 않고 아파트로 들어간 군인은 없었다. 자존심이 상했으므로 나는 그들을 뒤따라가지 않고 평상에 남았다. 보는 사람은 없었지만, 나 역시 그들에게 관심 없다는 것을 보이기 위해 평상에 누워 밀짚모자로 얼굴을 가렸다. 기나긴 여름 해가 발바닥을 달구었다.

오래 궁금해하지 않아도 되었다. 군인들은 금방 나왔다. 어? 그런데…… 아버지와 함께였다. 집에서 입는 옷 그대로 아버지가 그들과 함께 아파트를 나서고 있었다. 그러니까 그들은 우리 집에 온 손님들이었던 것이다. 아버지의 손님은 곧 내 손님이었다. 나는 마음속으로 그들의 무례를 용서했다. 용서했으므로 이제 관심 없는 척 무시할 이유가 없었다. 나는 아버지, 부르며 신발을 신고 아버지에게 다가갔다. 그리고 그들의 얼굴을 올려다보며, 마치 보란 듯 아버지의 커다란 손을 잡았다. 그때에라도 그들은, 비록 많이 늦기는 했지만, 아아 네가 미진이구나! 관심을 보일 수도 있었다. 조금이라도 반성의 마음이 있다면, 미처 몰라봐서 미안하구나! 정도는 말할 수 있었다. 하지만 그들은 그러지 않았다. 나를 바라보기는 했으나 관심이 담긴 눈빛은 아니었고, 손을 내밀기는 했으나 그것은 악수를 위해서가 아니라 나를 거부하기 위한 몸짓이었다. 혹은 나를 제지하기 위한. 나는 어리둥절했다.

그때 엄마가 집에서 나와 내 손을 잡았다. 잡는 것만으로는 부족했던지 나를 끌어당겼다. 엄마는 당기고 아버지는 당기지 않았으므로 할 수 없이 나는 아버지의 손을 놓아야 했다. 엄마가 속삭였다.

"일이 있어서 가시는 거야. 금방 오실 거야."

"나도 따라갈래."

"안 돼. 너도 알잖아."

그다음 말은 내 귀에다 대고 속삭였다. 기밀……이야. 나는 고개를 끄덕였다. 아버지가 일하는 곳에는 기밀이 많았다. 걸핏하면 기밀이었다. 아버지뿐만 아니라 사람들은 얘기를 하다가도 갑자기, 어떤 표정을 짓다가도 갑자기, 뚝, 그치고는 했다. 그러면 그게 다 기밀 때문이었다. 굳이 기밀이라는 말을 하지 않더라도 나는 알아들었다. 아버지는 내가 아주 어렸을 때부터 교육을 시켰다.

"사람들이 기밀이라고 하면 더 이상 물어선 안 된다. 사람들이 기밀이라고 하지 않더라도 그런 눈치가 보인다면 더 이상 물어선 안 된다."

그래서 나는 묻지 않았다. 처음에는 묻지 못한 것이 궁금했지만 그런 상황이 익숙해지자 나중에는 궁금하지도 않았다. 누군가가 '기밀' 하고 말하는 순간, 혹은 그런 느낌을 받는 순간, 두꺼비집이 내려가듯 모든 관심이 뚝, 끊겼다.

나는 엄마를 향해, 다음에는 아버지를 향해 고개를 끄덕였다. 아버지가 대단히 중요한 사람처럼 느껴졌다. 군인의 딸답게 나는 의연한 자세로 아버지를 보내드렸다. 아버지가 아파트 마당을 벗어나자마자 엄마는 한숨을 쉬더니 내 손을 놓았다. 아버지 언제 와? 물어도 고개만 저을 뿐이었다. 아차, 그것도 기밀이구나. 나는 순식간에 깨달았다. 기밀이라는 말과 함께 작전이라는 단어도 떠올랐다. 아하, 비밀작전이구나. 또 깨달음이 왔다. '비밀작전'은 내가 가장 좋아하는 말이었다.

2

내 이름은 김미진, 나이 스물넷. 그러나 이곳에서는 미스 김 혹은 김 양. 아줌마들은 나를 부를 때 김 양. 사장과 부장, 과장은 미스 김. 김 양과 미스 김의 차이는 뭐지? 깊이 생각하는 것은 금물. 김 양, 불러도 나는 네! 미스 김, 불러도 역시 나는 네! 씩씩하게. 나의 포지션은 납땜. 아니, 보직은 납땜병. 주특기는 사역병. 부르는 놈이 임자. 가라는 대로 가고 오라는 대로 가는 사역병. 일주일 동안의 훈련병 시절을 거쳐 이제 갓 이등병. 이등병답게 여기서도 김 양, 저기서도 김 양. 파르라니 녹아내리는 납 향기, 어질어질 황홀경 속을 걷다가도 김 양! 부르면 잽싸게 달려가 뭘 할까요? 저기 압축기 맡아. 십오 년 경력 아줌마 병장의 한마디. 네, 충성! 배선 끼고 페달 밟고 쿵. 다시 배선 끼고 페달 밟고 쿵. 하루 목표량, 워셔액 모터펌프 천 개. 초과 달성은 당연한 의무이나 미달은 절대 금물. 우리는 대한민국의 산업역군. 무적의 7인 분대.

밀린 일을 해치우고 내 자리로 돌아가며 슬그머니 수첩을 꺼내보았다. 형법 기출문제 3번.

문제〉 공무집행방해죄에 대한 설명으로 옳지 않은 것은?

① 경찰관이 근무하는 파출소 사무실 바닥에 인분을 뿌리고 재떨이에 인분을 담아 바닥에 던지는 것도 이 죄의 폭행에 해당한다.

② 불법주차 차량에 스티커를 붙였다가 장애인 차량임을 알고 이를 떼어낸 직후의 주차단속공무원을 폭행한 경우 폭행 당시 이미 주차단속 업무는 종료된 시점이므로 공무

집행방해죄에 해당하지 않는다.

③ 피의자나 참고인이 아닌 자가……

"미스 김, 거기서 뭐 해?"

뭐 하긴, 보면 모르냐. 수첩 본다.

"네? 아니에요."

이중 턱살이 쇄골까지 늘어진 과장이 이쪽을 노려보고 있었다. 나는 수첩을 집어넣고 서둘러 내 자리로 돌아갔다. 경력 일 년밖에 안 된 과장. 운전병인 주제에 계급만 장교. 십오 년 경력 최고참 아줌마에게도 껄렁껄렁 반말을 지껄여대는 무개념 햇병아리. 이런 경우는 노동법의 어느 조항에 위배되지? 아아, 생각은 금물. 나는 슬금슬금 밀고 들어오는 잡념을 떨쳐내기 위해 고개를 흔들었다. 그러자 옆자리의 최씨 아줌마, 김 양 머리 아파? 물었다. 아줌마의 손에 들린 전기인두에서 회색빛 연기가 몽글몽글 피어오르고 있었다.

"아뇨."

2008년. 뉴스에서는 연일 글로벌 금융위기라고 떠들어대고 있었다. 나는 스물넷이었고, 통장 잔고는 사십만 원이 채 못 되었다. 워킹푸어답게 나는 머리가 아파도 몸이 아파도, 아프다고 말하지 않았다.

"김 양은 젊은 아가씨가 왜 이런 데 와서 일해? 이 길로 한번 빠지면 평생 공장 신세 못 면하는데."

시절을 잘못 만난 탓이죠. 바로 당신들, 기성세대가 이렇게 만든 거잖아요. 금융위기라는 괴물이 꿀꺽 삼킨 내 돈, 피 같은 내 돈…… 개나 소나 주식으로 돈 버는 시절 뒤늦게 발 담갔다가 똥 밟았죠.

하지만 나는 아무 말도 하지 않았다. 아줌마를 향해 방긋 웃어주었다.

"젊어서 고생은 사서 한다는 말, 순 거짓말이야. 그 말 떠들어대는 놈들보고 고생해보라고 해. 할 수 있나. 지들 잘 먹고 잘살려고 만든 거라니까. 늙어 뼈마디가 쑤셔도 납 냄새, 먼지 냄새 맡으며 살아야 한다고. 안 그러려면 처음부터 나 아무것도 못합네, 해야 한다니까. 이런 데 있지 말고 얼른 시집이나 가."

경력 오 년차의 일병 최씨 아줌마. 말은 그렇게 하지만 내가 있어 가장 득을 보는 사람은 오히려 최씨 아줌마였다. 젊다는 이유로 납땜 찌꺼기와 재를 치우는 통풍구 청소는 언제나 내 몫이니까. 58년 개띠 몸 둔한 아줌마를 사다리 꼭대기로 올려보낼 수는 없으므로. 경력 이 개월짜리 이등병이 일등병에게 개갤 수는 없으므로. 청소는 사나흘에 한 번. 통풍구 청소를 할 때면 회색빛 재가 나풀나풀 하늘로 날아올랐다. 빗자루로 포대에 쓸어담을 때마다 회색빛 재는 하늘하늘 날아올랐다가 내 머리 위에, 어깨 위에, 얼굴 위에 내려앉았다. 마치 눈송이처럼. 그런 날이면 마치 눈을 맞아, 마치 감기에라도 걸린 듯 나는 하루 종일 기침을 해댔다.

"사귀는 사람 없어? 내가 소개해줄까?"

사양할게요. 제게는 원대한 꿈이 있답니다.

"이제 스물넷인걸요."

"그러니까 얼른 가야지. 한 살이라도 어려야 남자들이 좋아라 데려가지 늙어봐, 거들떠도 안 봐."

나는 대꾸하지 않았다. 여기서 더 대꾸한다면 2절, 3절로 이어지는 훈계가 시작될 터였다. 마지막은 늘, 엄마가 젊을수록 애들이 머리가 좋다잖아, 였다. 내가 대꾸를 않자 아줌마는 훈계를 생략하고 곧바로 한숨으로 건너뛰었다.

내가 하루에도 일 년씩 늙어, 아줌마가 말했다. 아줌마는 잠시도 쉬지 않고 숱한 말들을 (여기가 풀밭이라면!) 풀어놓았다. 온종일 저 혼자 켜져 있는 라디오 같았다. 아줌마의 걱정거리는 단연 공부 못하는 중3짜리 막내아들이었다. 현재 성적으론 서울 내에서는 갈 수 있는 인문계 고등학교가 없다고 했다. 못 배운 게 한이 돼서 아들만큼은 꼭 대학에 보내고 싶은데 대학은커녕 고등학교조차도 장담할 수 없다는 것이었다. 끝없이 이어지는 아줌마의 신세한탄을 흘려들으며 나는 부장의 눈을 피해 틈틈이 수첩을 들여다보았다. 형법 기출문제 3번의 정답은 ②, 4번의 정답은 ⑤.

"커서 지 아버지처럼 기계나 만지는 인생 될까 봐 걱정이야. 한 삼십 년 기계 만져보라지. 지 아버지 열 손가락 다 닳아서 뭉툭하니 어디 가서 악수도 못하는 거 뻔히 알면서 공부하라고 잔소리하면 실업계 갈 건데 공부를 왜 하냐고 오히려 지가 대들어. 내가 환장하고 기가 차서 뒤로 넘어갈 지경이야."

걱정 마세요, 아줌마. 실업계 고등학교에 간다고, 대학에 못 간다고 죽는 건 아니잖아요. 기계 좀 만지면 어때요? 손가락 좀 뭉툭하면 어때요? 자기만 행복하면 되는 거잖아요.

"걱정이 많으시겠네요."

나는 혼자 떠드는 아줌마가 외롭지 않도록 간간이 추임새를 넣어주었다.

여섯 시 삼십 분. 마침내 하루 일과가 끝났다. 오늘은 야근 없는 날. 퇴근시간을 삼십 분 남겨두고 부장이 소리쳤다. 오늘은 야근 없습니다. 일주일에 한 번 있을까 말까 한 자유시간. 나는 집으로 걸어갔다. 걸어서 십 분. 가깝다는 이유로, 그래서 걸어다닐 수 있다는 이유로 이곳을 직장으로 택했다. 시간은 금이니까.

《민법강의》. 제1부 민법총칙, 제2부 물권법, 제3부 채권총

칙…… 집에 도착하자마자 《민법강의》를 펼쳤다. 같이 사는 친구는 아직 돌아오지 않았다. 《민법강의》 옆에는 옥편, 그 옆에는 국어사전, 또 그 옆에는 수첩. 문자메시지를 보냈지만 친구에게서는 연락이 없었다. 또 한 번의 홀로 보내는 저녁시간. 혼자 먹는 밥.

3

경력 사 년차의 일병 조씨 아줌마. 아줌마의 한숨 소리. 물에 퉁퉁 부은 손. 펌프 안에 들어가는 모터의 불량 여부를 검사하는 아줌마는 하루 종일 물속에 손을 담그고 살았다. 겨울에는 빨갛게 얼고 여름에는 살찐 애벌레처럼 허옇게 붓는 손. 아줌마는 요즘 살얼음판을 걷는 기분으로 살았다. 재개발아파트에 조합원으로 가입했다가 건설회사가 부도를 내는 바람에 공사는 중단되고 은행 빚은 점점 이자를 부풀려가고 있는 중이었다.

"남편한테 들키면 죽어요."

조씨 아줌마가 고참 아줌마들에게 말했다. 그러자 아줌마들, 왁자지껄, 한 사람이 열 마디씩. 종합하자면 결국 하나의 질문이었다. 그런 걸 왜 남편하고 의논도 안 하고 혼자

저질렀어?

"생일선물로 주려고 했죠. 짠, 하고 내놓으려고. 누군 경기가 이렇게 나빠질 줄 알았나요. 제2의 부동산 전성기가 온다기에 큰맘 먹고 벌인 건데……"

오후 작업시간은 다가오는데 아줌마들의 얘기는 도통 끝날 기미가 보이지 않았다. 진작 밥숟가락을 놓은 아줌마들, 다시 한 번 벌 떼처럼 목소리를 높였다. 남편 생일에 아파트를 선물한다고? 남우엄마는 참 통도 크다. 남우엄마는 생일 때 뭐 받았어? 진주목걸이요. 조그맣게 대답하고 나서 조씨 아줌마가 물었다.

"남편한테 얘기해야 할까요, 아니면 저절로 알 때까지 가만있을까요?"

이 부분에서 아줌마들의 의견은 반반으로 갈렸다. 하루라도 빨리 얘기해서 사태를 수습해야 한다는 쪽과 얘기한다고 달라질 게 없으니 일단 좀 더 상황을 두고 보라는 쪽이 팽팽하게 맞섰다. 결론을 얻지 못한 조씨 아줌마의 얼굴이 더 어두워졌다. 아줌마는 마른버짐 핀 해골 같은 얼굴로 중얼거렸다.

"이러다 우리 쫄딱 망하는 거 아닌지…… 무서워요. 요즘은 밤에 잠도 못 자요."

나는 시계를 보았다. 하지만 아줌마들이 일어나지 않았으므로 나도 일어나지 못했다. 그 정도 눈치는 있었다. 반드시 지킬 필요는 없지만 그러나 지키지 않으면 언젠가는 화가 돼서 돌아오는 직장생활백서. 게다가 오늘은 일주일에 한 번 분대원들이 다 함께 모여 점심을 먹는 날이 아닌가. 술자리도 아니고 자기 돈 내서 먹는 점심이긴 하지만 그래도 회식은 회식이었다.

"여기서 뭐 하는 거야! 아줌마들 정신 있어 없어! 점심시간 끝난 지가 언젠데 아직도 퍼질러앉아 있는 거야! 내가 여기까지 아줌마들 모시러 와야 해?"

씩씩거리며 나타난 부장의 대성일갈. 아줌마들은 화들짝 놀란 얼굴로 부산하게 자리에서 일어났다. 그와 동시에 우수수 떨어지는 말들. 어마마, 벌써 시간이 이렇게 됐네. 아이고 우리 정신 좀 봐. 커피도 한 잔 못 마셨잖아. 이게 다 남우엄마 때문이야. 자, 얼른 오천 원씩 내. 아줌마들이 부산을 떠는 동안 부장이 내게 말했다.

"미스 김은 우성공업으로 바로 가. 길 알지?"

네, 그럼요. 알다마다요. 어디 한두 번 팔려가나요.

"거기서 바로 퇴근하나요?"

"나도 몰라. 일찍 끝나면 이쪽으로 오고 아니면 거기서 퇴근해."

파견근무였다. 큰 기업에만 파견근무가 있는 게 아니었

다. 직원 아홉 명의 공장에도 있었다. 작은 공장에서 조금 더 큰 공장으로. 큰 공장에 일손이 달리거나 납품 기일이 코앞으로 다가왔을 때. 큰 공장이 일손을 요구할 때마다 작은 공장은 순순히 자기 직원을 내주었다. 큰 공장의 비위를 거스르면 안 되므로. 큰 공장에 부품을 납품하는 작은 공장으로서는 어쩔 수 없는 일이었다. 그리고 내가 입사한 이후로 큰 공장으로 지원 나가는 사람은 언제나 나였다. 아무도 그렇게 얘기하지 않았지만, 나는 젊었고 동작이 빨랐고 어떤 일이 맡겨지든 금방 적응했다. 그렇다고 내가 파견근무에 불만을 가진 것은 아니었다. 납 냄새를 맡지 않아도 되어서, 감시의 눈길이 없어서 오히려 좋았다. 나 때문에 벨트컨베이어가 멈추지 않는 한 큰 공장의 직원들은 아무도 내게 신경 쓰지 않았다. 그곳에서 나는 좀 더 마음 편히, 좀 더 오래 수첩을 들여다볼 수 있었다.

걸어서 십오 분. 우성공업으로 가기 위해서는 허름한 술집들이 빽빽하게 들어찬 좁은 골목길을 지나야 했다. 그 길을 걸을 때마다 나는 섬을 떠올렸다. 섬의 비탈지고 좁은 골목길을 떠올렸고, 부둣가의 초록식당이며 해변단란주점, 별다방 등을 떠올렸다. 골목 안쪽에 숨은 듯 앉은 이도여관도.

그런데 아버지는 왜 이도여관을 골랐을까. 왜 하필. 나는 아직도 그 이유를 알지 못했다. 아니, 알고 싶지 않은 건지도 모르겠다.

이십 대 초반의 여자와 사십 대 중반의 남자. 남자의 직업은 화가, 여자는 대학생이라는 걸 맨 처음 알아낸 사람은 해변단란주점 주인이었다. 이미 그들에 관한 소문이 파다했다. 섬은 작았고, 관광객이라고는 그들 두 사람 외에는 아무도 없었다. 관심이 집중될 수밖에 없었다. 며칠째 내려져 있던 폭풍주의보가 해제되고 여객선도 정상 운항했지만 관광객들은 여전히 몸을 사렸다. 화가와 대학생은 일주일 전 사선을 타고 들어왔다. 사선이란 여객선이 운항하지 않을 때 섬 주민들이 비용을 걷어 대절하는 배였다. 집으로 와야 하니 어쩔 수 없이 타긴 하지만 주민들은 사선을 私船이라 부르지 않고 死船으로 불렀다. 죽을 만큼 고생한다는 뜻이었다. 그 배를 화가와 대학생이 탔다. 주민들은 고개를 갸웃거렸다.

두 사람에게 이도여관을 소개해준 사람은 부둣가의 초록식당 주인이었다. 두 사람에게 별다방의 위치를 알려준 사람은 이도여관 주인이었다. 술 마시기 좋은 곳으로 해변단란주점을 추천한 사람은 별다방 주인이었다. 해장국 하면 초록식당이지, 하고 말한 사람은 해변단란주점 주인이었다. 화가와 대학생은 아무 데도 가지 않고, 주요 관광코스인

기암절벽이며 몽돌로 유명한 해수욕장에도 가지 않고 오로지 부둣가 근처만 맴돌았다. 이도여관에서 잠을 자고, 별다방에서 커피를 마시고, 초록식당에서 반주를 곁들인 아침 겸 점심을 먹고, 해가 지면 해변단란주점에서 술을 마셨다. 술자리는 대개 자정을 넘어 새벽까지 이어졌고 만취한 화가가 소파 위로 쓰러지면 대학생이 화가의 주머니에서 화가의 지갑을 꺼내 화가의 돈으로 술값을 계산했다. 반쯤 기절한 화가는 단란주점 주인이 여관으로 업어 날랐다.

화가는 언제나 술에 취해 있었다. 술이 깰 때쯤이면 다시 술을 마셨고 술에 취하면 횡설수설 말도 안 되는 말을 늘어놓았다. 그래도 그때만큼은 정신 말짱할걸, 하고 최초로 말한 사람은 이도여관으로 커피 배달을 다니는 별다방 종업원이었다. 종업원이 말했다.

"아침마다 한다니까요. 그거 있잖아요…… 살집 부딪치는 소리가 복도도 아니고 마당까지 들리더라구요. 누군 좋겠다. 하루 종일 맛난 음식에 안주에 술에 진탕 먹고 마시고 심심하면 보송보송한 젊은 여자하고 한바탕 신나게 놀고."

화가와 대학생이 계속 부둣가에만 머물렀다면 어땠을까. 수많은 가정들, 내내 부둣가에서만 맴돌던 그들이 돌연 산책이랍시고 민간인 접근이 금지된 해변으로 가지 않았다면, 그곳에서 아버지를 만나지 않았다면, 취한 화가가 해변으로의 산책을 고집하며 아버지에게 시비를 걸지 않았다면, 별다방 종업원이 화가와 대학생의 추문을 여기저기 실어나르지 않았다면, 아니 아니 화가와의 시비를 두고 한참 나이 어린 소위가 아버지의 어깨를 툭툭 치며 나잇값하라는 말을 하지 않았다면, 하필이면 같은 날 저녁 옷 좀 제대로 벗어놓으라고 엄마가 잔소리하지 않았다면, 아버지에게 아무런 콤플렉스도 없었다면, 아니 아니 화가와 대학생이 이 주일씩이나 머물지 말고 조금만 일찍 섬을 떠났다면. 그랬다면.

새벽, 화가와 대학생이 머무는 방으로 뛰쳐들어간 아버지는 자고 있는 화가를 깨워 주먹을 휘둘렀다. 쓰러지면 일으켜 앉히고 또 쓰러지면 일으켜 앉혔다. 아버지의 폭행은 꽤 오래 계속되었으나 이도여관의 어느 누구도 아버지의 폭행을 알지 못했다. 아버지는 소리를 내지 않았다. 입을 꾹 다물고 오로지 주먹만 휘둘렀다. 화가는 도움을 청하고 싶어도 말을 할 수 없었다. 대학생은 방구석에 웅크리고 앉아 떨고만 있었다. 시간이 흘렀다. 마침내 침묵 속의 폭행이 멈췄다. 화가는 죽은 듯 늘어졌고 아버지는 대학생을 보았다. 아버지가 말했다. 짐 챙겨.

아버지가 간 곳은 부둣가에서 조금 떨어진 작고 오래된 술집이었다. 아버지는 잠긴 문을 두드려 주인을 깨우고 술

집으로 들어갔다. 피 묻은 옷을 보고 깜짝 놀라는 주인에게 아버지가 말했다. 여기 술. 아버지는 마침내 무거운 몸을 의자 위에 내려놓았다. 대학생은 맞은편 의자에 앉았다. 주전자를 들었다 내려놓을 때마다 탁자가 삐걱거렸다. 몸을 한 번 움직일 때마다 의자가 익살스러운 신음 소리를 냈다. 그 외에는 아무런 소리도 없었다. 아버지는 한마디도 하지 않았다. 서서히 어둠이 걷히고, 생기 없이 희멀건 하늘에 연지처럼 붉은 기운이 감돌 때까지 술만 마셨다. 대학생은 아침 첫 배로 섬을 떠났다.

우성공업으로 가는 길. 아버지가 끌려가던 그날처럼 오늘도 햇살이 뜨거웠다. 섬의 햇살이 습기를 머금고 있다면 이곳의 햇살은 눈가루, 아니 쇳가루를 품고 있었다. 가로수에도, 술집 탁자 위에도, 집집의 창틀에도, 쇳가루는 언제나, 그 어디에나 있었다. 언제나 어디에나 쇳가루가 떠다니는 이 동네를 친구는 질색했다. 멋모르고 이곳에다 방을 구한 것을 두고두고 후회했다. 하지만 이미 엎질러진 물. 방을 내놨지만 보러 오는 사람은 단 한 명도 없었다. 친구는 아침 일찍 집을 나갔다가 밤늦게야 돌아왔다. 그러면서 하루 종일 쇳가루 속에 머물러 있는 나를 이해할 수 없다고 말했다. 천 년을 지켜본다 한들 쇳가루가 금가루로 변하지는 않는

다. 그러나 천 년을 갈다 보면 쇳덩이가 금덩이로 변할 수는 있지 않을까. 나는 검사가 되고 싶었다. 나는 나에게 천 년이라는 시간을 주었다. 친구에게는 아무 말도 하지 않았다.

우성공업으로 가는 길. 나는 걸으며 잠깐씩 눈을 감았다. 눈을 감을 때마다 아홉 살 무렵, 우리가 살던 아파트와 아파트 마당의 평상과 평상 주위에 피어 있던 맨드라미를 떠올렸다. 그해 여름 마지막으로 본 섬의 해수욕장을 떠올렸고 바다 물살에 부딪혀 반짝 하고 튀어오르던 햇살을 떠올렸다.

4

똑똑.

바람 소리라고 생각했다. 친구라면 열쇠를 먼저 꺼냈을 것이고, 주인아주머니라면 쾅쾅! 거침없이 문을 두드렸을 터였다.

똑똑.

바람 소리가 아니었다. 귀를 기울였다. 한참을 기다렸지만 소리는 더 들리지 않았다. 펜을 놓고 일어섰다. 현관문을 열었다. 처음에는 아무도 보지 못했다. 고개를 내밀어 옆을 보자 그곳에 남자가 있었다. 바지주머니에 두 손을 찔러넣은 채 벽에 기대선 남자. 저녁 빛살 속에 선 남자를 나는 한눈에 알아보았다. 파견 나간 우성공업에서 만난 남자였다. 오후 간식시간, 우성공업의 직원들이 다 함께 모여 커피를 마시고 간식을 먹을 때 나는 벨트컨베이어 앞에 혼자 앉아 있었다. 몇몇 사람들이 힐끗 돌아보았지만 모른 척했다. 수첩을 꺼내 문제를 풀었다. 시간은 금이니까. 금을 함부로 낭비할 수는 없었다. 그때 처음 보는 남자가 머뭇거리며 다가오더니 내 앞에 빵과 캔커피를 내려놓았다. 드시고 하세요. 남자의 목소리는 수줍게 떨렸다. 남자가 준 빵과 캔커피는 지금 내 집 탁자 위에 얌전히 놓여 있었다.

나와 눈이 마주치자 남자는 멋쩍은 듯 머리를 긁적이며 벽에서 몸을 뗐다. 남자가 말했다.

"우연히 봤어요. 이 집으로 들어가기에 나도 모르게 그만…… 불편하면 갈게요."

"……"

"내가…… 실례한 거죠?"

남자는 두 손을 바지자락에 문질렀다. 쇳가루 실은 바람이 불어와 남자의 옆 머리카락을 일으켜 세웠다. 나는 아무 말 없이 방으로 들어왔다. 책과 수첩을 책상 서랍 속에 넣었다. 옷을 갈아입고 양말도 챙겨 신었다. 친구에게 문자메시지를 보냈다. 나 오늘 야근이야. 너도 저녁 먹고 들어와. 미안. 친구는 한 번도 집에서 저녁을 먹은 적이 없었다. 그래도 나는 야근이 있을 때마다 친구에게 저녁을 먹고 들어오라는 문자를 보냈다. 거울 앞에 서서 머리를 빗었다. 현관문을 열었다. 그때까지도 남자는 문밖에 서 있었다.

골목을 빠져나와 한강으로 접어들었다. 십 분 남짓, 걷는 동안 해가 졌다. 우리는 둔치에 앉았다. 조깅을 하는 사람들이 등 뒤로 노루처럼 뛰어다녔다. 강에서 바람이 불어왔다. 나는 두 손을 꼭 모아쥐었다. 한 톨의 냄새도 빠져나가지 못하도록. 일을 하지 않을 때도 내 손에서는 납 냄새가 났다. 식은 인두에서 맡아지던 노린내도 났다. 내가 하는 양을 가만히 지켜보던 남자가 내 눈앞으로 자신의 두 손을 활짝 펼쳤다. 열 개의 손가락 끝이 다 뭉툭했다. 남자가 말했다.

"스무 살 이후로는 손톱깎이를 써본 적이 없어요."

나는 고개를 끄덕였다. 남자가 이어 말했다.

"쓰메끼리라면 몰라도."

나는 소리 없이 웃었다. 모아쥐었던 손을 슬그머니 풀었다. 이번에는 남자가 소리 없이 웃었다.

우리는 한강에서 가까운 포장마차로 갔다. 손님이 하나도 없었다.

"국수 두 그릇 주세요."

다가온 주인에게 남자가 말했다. 그런 뒤에야 내게 물었다.

"국수 괜찮죠? 이 집 국수가 맛있거든요."

나는 고개를 끄덕였다. 잠시 후 나온 국수는 정말 눈물 나게 맛있었다. 멸치로 우려낸 국물을 마시자 몸속이 따뜻해지면서 누군가가 내 등을 가만가만 쓸어내리는 것 같았다. 조금씩, 오랫동안 국물을 마셨다. 그런 뒤에는 빈 그릇을 조용히 내려다보았다. 포장마차 주인이 국물을 더 준다고 했을 때는 거절했다. 그걸로 이미 충분했다.

나는 말없이 모텔을 올려다보았다. 남자는 의아한 표정이었지만 아무것도 묻지 않았다. 모텔 안으로 먼저 들어선 것은 나였다. 저녁을 먹던 주인이 열쇠를 건네주었다. 카펫 깔린 복도에서는 발소리가 나지 않았다.

살과 살이 만났다. 가슴과 가슴이 만났고 허벅지와 허벅지가 만났다. 남자의 입술이 내 온몸을 훑고 지나갔다. 입술과 입술이 포개졌을 때 나는 갓 쪄낸 백설기를 떠올렸다. 몽글몽글 김이 피어오르는, 손에는 뜨겁지만 입에는 딱 알맞은 온도. 뭉툭한 손의 주인답지 않게 남자의 움직임은 부드러웠다.

"진작부터 당신 보고 있었다고 말하면…… 스토커 같을까요?"

포장마차에서 남자가 말했었다.

"우리 회사에 처음 온 날부터 당신 봤어요. 당신은 그거 모르죠, 아줌마들 사이에서 당신이 얼마나 눈에 띄는지."

손발이 오글거렸다. 나는 당근 하나를 들고 앞니로 갉았다.

"우리…… 사귈래요?"

남자가 물었을 때 조금 망설인 게 사실이었다. 하지만 결국 나는 고개를 저었다. 내게는 시간이 없었다.

"지금 말고 나중에 대답하면 안 될까요?"

나는 또 고개를 저었다. 손에 쥔 당근이 말라가고 있었다.

"그럼 이유라도…… 혹시 이 손가락 때문에……"

아니라고 말하고 싶었다. 단지 내게는 시간이 없다고 말하고 싶었다. 하지만 입술이 꼭 붙어 열리지 않았다. 무슨 말을 어디서부터 시작해야 할지 알 수 없었다. 남자가 머리를 푹 숙이더니 끄덕였다. 뒤늦게 내가 무슨 말인가를 하려고 했을 때 남자가 머리를 들더니 가로저었다.

"나중에 해요. 지금 말고. 받아들인다는 말이 아니라면."

남자에게 미안했다. 손가락 때문이 아니라고 얼른 대답하지 못한 것을 후회했다. 남자가 상처받지 않았으면 싶었으나 남자는 이미 상처받은 표정을 짓고 있었다. 나는 남자에게서 받은 온기를 기억했다. 나도 남자에게 내가 가진 온기를 나눠주고 싶었다.

남자의 가슴에 송골송골 땀이 맺혔다. 바닥을 짚은 팔뚝의 근육이 터질 듯 부풀어 올랐다. 나는 옆으로 고개를 돌렸다. 내려다보는 남자의 눈과 마주칠까 두려웠다. 남자의 호흡이 거칠어질수록 나도 모르게 온몸에 힘이 들어갔다. 뻣뻣하게 날 선 손가락을 힘겹게 구부려 주먹을 쥐었다.

"긴장하지 마요."

남자가 말했다.

잠시 후 우리는 천장을 바라보고 나란히 누웠다. 조용조용, 남자가 얘기를 시작했다. 어린 시절 이야기, 형제들 이야기, 그리고 현재의 꿈에 대해서. 미래에 대해서. 남자의 얘기가 끝나자 침묵이 흘렀다. 이번에는 내 차례였다. 나는 친구에게도 말하지 못한 것을 남자에게 말했다.

5

아침부터 분위기가 수상했다. 아줌마들은 전에 없이 들떠 보였고 일을 하는 중에도 옆 사람과 큰 소리로 얘기를 주고받았다. 잡담 그만하고 일들 해! 부장이 소리쳐도 소용없었다. 어떤 아줌마는 심지어, 일을 손발로 하지 입으로 하나?

대꾸하기까지 했다. 평소 같았으면 부리나케 달려가 잔소리를 한 양동이나 퍼부었을 부장도 웬일로 얼굴 한번 찌푸리고는 그만이었다. 내게는 어리둥절할 정도로 낯선 광경이었다. 단체로 약이라도 먹었나. 혹시 신입사원 때문인가.

나는 힐끗 남자를 돌아보았다. 오늘 아침 공장으로 들어서는 남자를 보고 가슴이 철렁했다. 저 사람이 도대체 왜? 함께 국수를 먹은 날로부터 한 달 가까이 지났다. 그동안 나는 만나자는 남자의 청을 번번이 무시했다. 우성공업으로 파견 나갔을 때도 모른 척했다. 간식시간이면 어김없이 빵과 커피를 가져다주었지만 손대지 않았다. 나는 남자를 그림자처럼 대했다. 그럴 때마다 남자는 처진 어깨로 돌아섰다.

"신입사원이래."

앞치마를 두르던 최씨 아줌마가 알려주었다. 하지만 그렇다고 해서 불안이 가시는 것은 아니었다. 전체 조회시간에 남자도 나도 서로 아는 척하지 않았다. 남자의 주된 업무는 납품이었다. 납품 일이 없을 때는 이 기계 저 기계 옮겨다니며 물건을 찍어내기도 했고, 아줌마들에게 일할 재료를 가져다주기도 했다. 부품이 든 상자를 번쩍번쩍 들어 옮기는 남자 뒤에서 부장이 생색을 냈다.

"상자 들다 아줌마들 허리 삘까 봐 조수 구해준 거야. 고마운 줄 알고 열심히들 일해."

그러나 결과적으로 부장과 과장은 더욱 한가해지고 아줌마들은 더욱 바빠졌다. 직원이 하나 늘었으니 그만큼 달성해야 할 하루의 목표량도 늘었던 것이다. 굳이 목표량 때문이 아니더라도 남자를 바라보는 아줌마들의 시선은 곱지 않았다. 최씨 아줌마가 말했다.

"상전만 하나 늘었는데 곱게 보일 리가 없지."

"상전이라니요?"

"몇 달 지나면 과장 달 텐데 상전이지 그럼. 아줌마들은 이십 년 삼십 년 늙어 죽을 때까지 일해도 아줌마고 남자들은 몇 달만 지나면 죄 과장이잖아. 과장만 달아봐. 일은 안 하고 아줌마들 뒤에 서서 잔소리만 하지."

수상한 분위기가 신입사원 때문이 아니었던 것이다. 결국 나는 희뿌연 납 연기 속에 달처럼 떠 있는 최씨 아줌마에게 물었다.

"오늘 다들 왜 그래요?"

"뭐가?"

연기 때문에 얼굴을 찌푸리며 아줌마가 되물었다.

"아줌마들이 들떠 보여서요. 무슨 일 있나요?"

"일은 무슨. 아마 내일 쉰다고 저러는 모양이지. 단체로 꽃놀이 간다나 뭐. 한여름에 꽃이 어딨다고."

"내일이 무슨 날인데 쉬어요?"

"달력 안 봐? 광복절이잖아. 아, 김 양은 모르겠네. 여기는 다른 공휴일은 안 쉬고 '절' 자 들어가는 날만 쉬어."

하, 그렇구나. 그래서 지난 현충일 때 안 쉬었구나. 어린이날에도. 다음 날 쉰다는 것을 안 순간부터 솔직히 나도 설레기 시작했다. 일요일을 제외하고는 입사 이후 처음 쉬는 공휴일이었다. 공짜로 생긴 하루. 내가 뭘 하든 누구도 간섭하지 않는 하루. 납 냄새며, 쿵쾅거리는 기계 소리, 부장의 호통 소리가 없는 하루. 한 달 죽도록 일해도 월급 육십만 원. 야근에 특근까지 해도 고작 팔십만 원. 토요일도 세 시까지 근무. 불공평하다, 더러운 세상이다, 사장만 배불리냐, 억울해하던 마음에 한 줄기 고소함의 불빛. 공짜로 생긴 하루.

그날 점심시간이었다. 최고참 아줌마가 우리 회식하자, 소리쳐서 다들 식당으로 몰려가 네 명씩 식탁에 둘러앉았다. 내 옆에는 최씨 아줌마. 맞은편에는 공교롭게도 신입사원 남자. 자리에 앉자마자 국과 반찬이 날라져왔다. 주문은 필요 없었다. 단일 메뉴, 정식. 마치 구내식당처럼. 말없이 밥을 먹는데 아까부터 기회만 엿보던 남자가 말을 건넸다.

"여기서 또 만나네요. 아무래도 우리 인연인 것 같죠?"

"……"

"내일 쉰다면서요? 오자마자 이거, 제가 운이 좋네요."

"……"

"저녁에 뭐 하세요?"

"……"

최씨 아줌마가 내 옆구리를 찔렀다. 가만히 듣고 있던 최고참 아줌마, 궁금하다는데 대답 좀 해줘 김 양. 조씨 아줌마, 두 사람 벌써 눈 맞은 거야? 다시 최고참 아줌마, 배 총각하고 김 양 덕에 우리 국수 좀 먹나?

오후에는 바람이 사납게 불었다. 방향도 제멋대로였다. 바람 부는 날에는 통풍구가 제 역할을 하지 못했다. 납땜 연기가 밖으로 빠지지 못하고 오히려 안으로 밀려들어왔다. 최씨 아줌마는 눈물을 질금거리고 나는 기침을 해댔다. 바람 부는 날이면 다른 사람들은 우리 주위에 얼씬도 하지 않았다.

납땜할 재료를 옮겨주던 남자가 넌지시 물었다.

"저녁에 시간 있어요?"

"……"

커피시간에 손수 인스턴트커피를 타다 주며 남자가 또 물었다. 아줌마들이 보거나 말거나. 부장이 알겠다는 표정으로 씩, 웃거나 말거나.

퇴근시간이 얼마 남지 않았지만 결국 빗자루와 포대를 들고 통풍구로 올라갔다. 안으로 밀려드는 연기 때문에 다른 아줌마들까지 기침을 했다. 부장은 눈살을 찌푸렸다. 최씨 아줌마는 괜히 내 눈치를 보았다. 바람 부는 날의 청소는 최악이었지만 도리가 없었다. 사다리를 타고 오를 때마다 〈난장이가 쏘아올린 작은 공〉이 떠올랐다. 굴뚝을 오를 때 난쟁이는 무슨 생각을 했을까. 삼 미터 높이의 통풍구가 내게는 마치 난쟁이가 기어오른 굴뚝처럼 여겨졌다.

"왜 대답을 안 해요? 내가 만만해 보여요?"

눈이 내렸다. 아니, 회색빛 재가 내렸다. 하늘로 날아올랐던 재는 느릿느릿, 마지못한 듯 뒤늦게 땅으로 내려앉았다. 나는 어깨 위로 내려앉는 재를 털었다.

"시간 좀 내요."

남자의 목소리는 짜증으로 가득했다. 여섯 시 사십 분. 모두들 퇴근하고 공장 앞에는 남자와 나만 남아 있었다. 십 분 만에 후다닥 바닥 청소를 끝낸 아줌마들을 두고, 나잇살이나 먹어서는 노는 게 저렇게 좋을까, 부장이 놀려댔었다. 그런 부장마저 퇴근하고 내가 마지막으로 나온 뒤 남자가 문을 잠갔다. 남자가 말했다.

"꼭요."

"저 바빠요."

"여기 안 바쁜 사람 있습니까? 사실 나 우리 구 노동조합 간붑니다. 내가 뭐 당신 좋아서 쫓아다닌 줄 알아요? 오늘 저녁에 모임이 있으니까 꼭 참석해요. 한 사람이라도 더 힘을 모아야 할 땝니다."

"관심 없어요."

"관심 없어도 일단 참석해봐요. 와보면 생각이 달라질 거니까. 남의 일이 아닌 우리 일이잖아요. 우리가 해결해야 한다구요. 그저 얻어먹고 그저 누리겠다는 생각으로는 아무것도 못 이룹니다. 그렇게 해서 이룬다고 해도 그건 떳떳치 못해요."

"전…… 정말 바빠요."

"아, 그 꿈 때문에요? 그런데 고졸 출신은 시험 볼 자격조차 없다는 거 혹시 아는지 모르겠네. 자격이 된다 해도 어차피 합격하지도 못할 테지만."

남자의 눈빛이 이글이글 불타고 있었다. 나는 아무런 대꾸도 하지 않았다. 내게는 천 년이라는 시간이 있었다. 천 년 앞에 출신 따위, 자격 따위는 아무것도 아니었다. 나는 돌아섰다. 그리고 걸었다. 공장을 지나고 식당을 지났다. 뒤에서 남자가 소리쳐 불렀다. 김미진 씨! 미진 씨! 미스 김! 야! 그러니까 니들이 맨날 당하고 사는 거야! 잠깐 거기 좀 서봐요! 미진 씨!

길을 걷는 동안 줄곧 회색빛 재가 눈처럼 내리고 있었다.

집으로 돌아가자마자 세수를 하고 책상 앞에 앉았다. 《민법강의》를 펼치고 그 옆에는 옥편을 펼치고, 또 그 옆에는 국어사전, 또 또 그 옆에는 수첩. 친구에게 문자메시지를 보냈지만 연락이 없었다. 또 한 번의 홀로 보내는 저녁시간. 혼자 먹는 밥. 행복한 저녁시간이었다. 오로지 나만의 시간, 나만의 공간.

통증

은미희

1960년에 전남 목포에서 태어나 광주에서 성장하였다.

광주문화방송 성우를 거쳐, 《전남매일》에서 기자 생활을 했다.

1996년 단편 〈누에는 고치 속에서 무슨 꿈을 꾸는가〉로 《전남일보》 신춘문예에,

1999년 단편 〈다시 나는 새〉로 《문화일보》 신춘문예에 당선되면서 소설가로서 활동을 시작했다.

2001년 장편소설 《비둘기집 사람들》로 삼성문학상을 수상했다.

작품으로 소설집 《만두 빚는 여자》가 있고, 장편소설 《소수의 사랑》 《바람의 노래》

《18세, 첫경험》 《바람남자 나무여자》 등이 있으며,

청소년 평전으로 《조선의 천재 화가 장승업》 《창조와 파괴의 여신 카미유 클로델》 등이 있다.

녀석의 눈빛이 맑고 형형하다. 물컹하게 젖어 있는 녀석의 몸에서는 그런대로 단단한 탄성이 느껴졌다. 숨줄이 끊어진 지 오래되었건만 녀석의 몸통은 대견하게도 살아 있을 때의 그 치밀한 조직을 그런대로 유지하고 있었다. 등지느러미의 위협도 그대로였다. 여차하면 가시가 뻗친 등지느러미를 빳빳이 세워 저를 해체하려는 손길을 공격할 것만 같았다. 아가미도 제법 선홍빛으로 붉었다.

그래도 그녀는 살아 있는 고양이나 강아지를 만질 때보다 낫다고 생각했다. 뜨거운 피가 돌고 숨이 붙어 있는 것들을 만질 때면 그녀는 언제나 곤혹스러웠다. 행여 제 부주의한 손길에 녀석들의 숨줄이 잘리고 상처를 낼까 봐, 그녀는 안거나 만지는 것이 부담스러웠다. 게다가 피부로 느껴지는 녀석들의 뜨듯한 몸과 심장박동은 끔찍하기까지 했다.

그녀가 강아지나 고양이를 기르지 않는 데는 그 이유도 이유였지만 그보다는 개는 개답게, 고양이는 고양이답게, 사람은 사람답게 살아야 한다는 게 그녀의 생각이었다. 짐

승이 사람처럼 살 수 없고, 사람이 짐승처럼 살 수는 없는 일이었다. 그건 생명의 규율이었고, 법칙이었으며, 조물주의 의지였다. 그걸 인간의 임의대로 재배치할 수 없었다. 측은지심은 가질 수 있겠으나 그 측은지심에 바탕해 그것들의 환경을 인간의 조건에 맞춰 키울 수는 없었다. 그것은 타고난 생체의 질서와 성질과 습성을 교란하는 것이었다. 추운 지방에 살아야 하는 녀석들은 오랜 세월 진화와 진화를 거듭해 마침내 조밀하고도 부드러운 털을 가지게 되었는데 그것들을 뜨듯한 방 안에서 키운다는 것은 그것들에게는 재앙이었다. 또한 달리기 위해 튼튼하고도 기다란 다리를 가진 그레이하운드를 좁은 집 마당이나 방 안에서 키운다는 것은 녀석들에게 있어서 불행이었다. 정말 그것들을 사랑한다면 그것들의 몸에, 타고난 조건에 맞게, 녀석들을 놓아두어야 하리라.

어쨌거나 살짝 벌어진 녀석의 입으로 드러나 보이는 이빨이 마치 줄톱 같다. 한때 살아 대양을 유유히 헤엄쳐 다녔을 녀석은 저 이빨로 사냥감의 살점을 물어뜯어서는 알뜰히 제 몸속에 저장했을 것이다. 사람들은 그렇게 통통하게 살이 오른 녀석의 몸통을 먹고, 녀석이 먹었을 또 다른 살점을 먹고, 오늘을 살고 내일을 꿈꾸리라. 그렇게 녀석의 살과 뼈는 알뜰히 분리돼 한 생을 마감할 것이다.

제 몸을 내놓고, 다른 이의 몸으로 사는 것도 나쁘지 않을 일이다. 저를 먹은 사람의 몸속에서 하나의 피톨과, 한 마디의 뼈와, 한 점의 조직으로 침투해 사는 것도 괜찮을 일이다.

윽. 잠시 딴생각을 하는 사이 칼이 엇나가 엄지를 그었다. 숫돌에 물을 적셔가며 갈아놓은 칼날은 종잇장보다 더 얇았고, 그 섬뜩한 칼날에 베인 상처는 처음에는 그저 둔중한 통증으로만 감지되다가 천천히 욱이는 통증과 함께 피부 속에서부터 피가 배어나왔다. 그 피가, 벌건 기운으로 시작한 그 피가, 한 점으로 뭉쳐지기 시작하더니 이내 뚝뚝 떨어졌다.

"수심 오십 미터 이하에 사는 물고기들은 살이 흐물흐물해 맛이 없어. 가장 맛있는 놈은 수심 십오 미터에서 십칠 미터에 사는 놈들이야. 그놈들을 잡아다 살을 써노라면 차지게도 칼날에 그놈의 살점들이 들러붙어. 그 맛이 어떤 줄 알아? 뭐랄까, 쫀득쫀득하면서도 질경질경 씹히는 게 마치 녀석들의 목숨을 씹는 기분이지. 그 맛이 기가 막혀. 당신이 그런 기분을 알까? 방금 전까지만 해도 손바닥에서 퍼덕퍼덕 살아 날뛰던 놈들을 씹는 기분 말이야. 그런 점에서 당신은 십육 미터에 사는 물고기야."

잔잔한 수면 위로 튀어오르는 한 마리 숭어처럼 그의 말이 문득 비늘을 반짝이며 기억의 수면 위로 떠올랐다. 격렬한 섹스를 끝낸 지 얼마 되지 않았을 때였다. 그는 자학하듯 사정을 하고는 탈진한 듯 그녀 위에 포개어 엎드려 있다가 가만 밀쳐내는 그녀의 손길에 옆으로 툭 쓰러져서는 한동안 움직임이 없었다. 그러다 숨이 돌아온 사람처럼 몸을 뒤집더니 말을 꺼냈다.

"손바닥 안에서 살겠다고 버둥거리는 녀석들의 몸부림을 느낄 때면 삶이 뭔가 싶을 때가 있어. 하루하루 살아가는 내 모습도 그와 크게 다르지 않지."

창문을 통해 들어온 햇빛이 그의 벗은 몸 위로 쏟아졌다. 마치 양동이 가득 들어 있는 물을 끼얹어놓은 듯 햇빛은 그의 몸 위로 흥건하고도 낭자하게 퍼질러져 있었다.

"당신은 참 맛있어. 그런 점에서 당신은 십육 미터에 사는 물고기지."

그는 천장을 응시하며 말했다. 하지만 표정에 아무런 무늬도 드러나 있지 않는 것이 마치 저 혼잣말을 하는 듯했다.

"들었어? 당신은 십육 미터에 사는 물고기라고."

햇빛은 방자하게도 그의 터럭 하나하나까지 놓치지 않고 잡아냈고, 그가 숨을 쉴 때마다 함께 오르내리는 터럭들이 반짝였다.

"물고기는 무슨……"

그녀는 뒷말을 흐리며 수건을 들고 일어섰다. 그녀는 되지도 않는 헛소릴랑은 집어치우라고 말하고 싶었다. 물고기고, 수압이고, 그런 것들은 때려치우고 보다 현실적인 세상으로 돌아와 굳건히 땅에 발을 딛고 살라고 주문하고 싶었다.

"이리 와."

그가 다시 씻으러 가는 그녀의 손을 잡더니 왈칵 자기 쪽으로 끌어당겼다. 느닷없는 그 힘에 그녀는 몸의 균형을 잃고 그의 몸 위로 넘어졌다. 아직, 그의 몸에는 땀이 남아 있었고, 그 마르지 않은 땀에 두 나신이 미끌거렸다.

"놔. 씻을 거야."

그녀는 그의 손을 뿌리쳤지만 그럴수록 그는 악력에 힘을 주었다.

"씻지 마. 난 이 냄새가 좋아."

그는 자신에게서 벗어나려고 버둥거리는 그녀를 힘으로 누르고는 그녀의 겨드랑이와 팔과 사타구니에 코를 들이대고 킁킁거렸다. 그의 힘을 당해낼 수는 없었다. 아마도 그에게 있어 그녀의 저항은 갓 잡은 물고기의 몸부림처럼 짜릿하게 느껴졌을 터이다.

"그러지 마. 비켜."

그녀의 음성이 사뭇 짜증스러웠다. 아무리 살을 섞고 사는 사이라지만 그런 식의 스킨십은 익숙지 않았고, 익숙하지 않았으므로 거부감이 들었다.

"가만 있어봐. 이대로 조금만 있어보라구. 이 냄새…… 난 이 냄새가 좋아. 이게 바로 살아 있는 냄새야. 생물의 냄새라고. 맡아봐. 난 이 냄새가 좋아."

그녀가 거칠게 저항하는데도 불구하고 그는 몸 여기저기에 얼굴을 갖다 대고 체취를 맡았다.

"그만 나가봐야 해. 지금 준비해도 늦었단 말이야."

그녀가 도망치려 하면 할수록 그는 더 센 악력으로 그녀를 붙잡았다.

그러다 문득 그는 그녀를 놓아주고는 미간을 찌푸리며 말했다.

"몸이 아파. 물속에 들어갈 때가 됐어."

그의 말에 그녀는 차갑게 그를 돌아보며 말했다.

"내가 물속이라며?"

"그래. 너는 물이지."

"근데 몸이 아파?"

그는 대답 대신 담배를 찾아들었다. 그의 기다란 손가락에 끼인 담배 개비가 여자의 속살처럼 하얗고도 매끈했다. 그는 천천히 담배 개비를 입으로 가져가 불을 붙이고는 길게 연기를 빨아들였다. 그리고 다시 천천히 담배 연기를 내뿜었다. 그의 입에서 희뿌연 연기가 뭉클뭉클 빠져나왔다.

영혼이 있다면, 영혼을 볼 수 있다면, 아마도 저 담배 연기처럼 생겼을 것이다.

그녀는 그의 입술에 물려 있는 담배를 빼어 자신의 입으로 가져갔다. 담배를 빼내는 순간, 담배는 그의 입술에 들러붙어 그와의 분리를 거부했다. 아마도 필터 어느 한 부분에는 그의 입술에서 떨어져나온 표피가 묻어 있을지도 모를 일이었다.

필터에 남아 있던 그의 타액이 눅진하게 느껴졌지만 그녀는 개의치 않았다. 길게 한 모금 연기를 빨아들였다. 입안 가득 칼칼하면서도 뜨듯한 열기가 느껴지더니 이내 어지럼증이 들었다.

"그래, 너는 바다지. 아니, 너에겐 바다보다 더 깊은 세상이 있어."

그는 뒤에서 다시 그녀를 끌어안고는 그녀의 자궁에 손을 갖다 대며 말했다.

"어떤 바다가 이 세상을 대신할 수 있을까. 할 수만 있다면 쉬지 않고 이 속으로 자맥질해 들어가고 싶어. 이곳에서 웅크린 채 달디단 잠을 자고 싶단 말이야. 하지만 난 지금 당장에는 물이 그리워. 내가 갈 수 있는 바닥까지 내려가보고 싶어."

"바닥까지 내려가면 뭐하려고?"

"안 나오는 거지, 뭐. 그 고요한 세상에서 편하게 잠을 자는 거지."

그녀는 흡반 달린 다족류의 연체동물처럼 차지게 엉겨붙는 그의 손가락을 하나씩 하나씩 떼어내며 자리에서 일어났다. 일어나는 순간 그가 그녀의 허리를 안으며 도로 침대 위로 나뒹굴려 했지만 그녀는 완강히 그를 밀쳐내며 자리에서 일어났다. 그 바람에 담배가 댕강 꺾여서는 불티들이 침대 시트 위로 날아다녔다. 그녀는 황급히 불티들을 털어냈다.

그는 갈 것이다. 자신이 아무리 말리고 잡는다 해도 그는 기어이 가고야 말 것이다. 산소통에 남아 있는 산소를 점검하고, 짐을 싸서 도망치듯 후다닥 물속으로 잠수해 들어갈 것이다. 산소 없이 잠수할 날을 꿈꾸며 그는 조금씩 조금씩 더 깊은 곳으로 들어갈 것이다.

그녀는 알았다. 어느 날 그가 물속에서 나오지 않으리라는 사실을. 미끈한 다리를 가진 인어처럼 언젠가는 그 역시 바다 속에서 하나의 바다 생물로 살아가리라는 사실을. 그녀는 조만간 그를 놓아주어야 할 때가 오리라는 사실도 알았다. 그 물속에. 그 그랑부르 안에.

숨을 많이 들이쉬고 바다 속으로 들어가면 어떤 때는 의식이 가물가물해지고 머리가 가벼워져. 앞이 보이지 않지.

아니, 아무것도 보이지 않는 것은 아니야. 의식이 만들어낸 푸른색이 눈꺼풀 안에 가득 차올라. 빛의 입자를 품은 그 푸른색이 얼마나 환상적인지 당신은 모를 거야. 다른 색은 사라지고 없어. 온통 푸른색이야. 영롱하게 빛나는 사파이어 같다고 할까. 나는 유유히 그 푸른색의 세상을 유영해나가지. 그러다 보면 최면에 걸린 것처럼 점점 의식이 없어져. 아니, 의식이 그 푸른색 속으로 빨려들어가는 거지. 그 순간에 나는 나를 느낄 수 없어. 마치 유체이탈을 하는 것처럼 몸이 가벼워지며 나는 자유를 느껴.

언젠가 그가 모로 누워 있는 그녀의 등에 배를 밀착시키며 속삭였다.

그때가 언제였을까.

"그 푸른색의 세상에 들어가면 편안해져. 나를 속박하고 있는 그 모든 것들은 사라지는 거야. 그러면 마치 어머니의 자궁 속에 들어 있는 듯 안온함이 느껴지지."

그녀는 바로 곁에서 그가 속삭이는 것 같았다. 정말, 귓불에 부드러운 물살 같은 그의 숨결이 느껴지는 듯했다.

칼이 긋고 지나간 자리에서 배어나온 피가 뚝뚝 떨어져 내리고 있었다. 그녀는 한동안 물속으로 결을 지으며 퍼져가는 피를 바라보았다. 피는 그렇게 연기처럼 물속으로 퍼져나가다 천천히 물과 섞였다. 욱이듯 상처에서 올라오는 통증이 가슴속에서도 일었다. 아니, 베인 손가락의 통증보다 가슴속에 이는 통증이 더 그악스러웠다.

며칠째 그는 전화도 없었다. 하긴 전화가 없는 것이 어디 새삼스러운 일이던가. 그는 언제나 그랬고, 언제나 그런 것처럼 어느 날 불쑥 나타나서는 아무 일 없다는 듯 굴었고, 이번에도 역시 예고 없이 나타나서는 그렇게 능청스럽게 굴 터이다. 그녀가 먼저 전화를 넣어 어떠냐고, 어디냐고, 언제 올 거냐고, 자분자분 안부를 물을 수도 있었지만 그녀는 하지 않았다. 전화기가 눈에 밟히면 저도 모르게 번호를 누를까 봐 고집스럽게 전화기가 없는 쪽으로 고개를 돌리거나 핸드폰을 가방 속에 집어넣고 들여다보지 않았다. 하지만 그사이에도 전화기는 부지런히 다른 사람의 음성을 실어나르며 그녀의 삶을 번거롭게 만들었다.

연기처럼 결로 퍼져나가며 물과 경계를 갖던 피가 얼마쯤 지나서 물과 섞이더니 연한 붉은색을 띠었다. 수압 때문에 어떨 때는 코피가 나기도 해. 그 붉은색이 또다시 그의 말을 떠올리게 했다. 이 핏방울처럼 그의 피도 푸른 바다 속으로 퍼져나갔을 것이다. 그 피가 다 빠져나가고 나면 그의 몸속에는 붉디붉은 피 대신 이 블루의 바닷물로 채워질지 모른다. 아니, 빛을 품은 푸른색으로 채워질까. 에메랄드와 사파

이어 빛깔 같은 푸른빛.

“내 몸에는 부레가 있으니 절대 가라앉지 않을 거야. 내가 아무리 가라앉고 싶어도, 저 심연에 닿고 싶어도, 절대 닿을 수 없을 거야. 당신의 바닥에 닿을 수 없는 것처럼 말이야. 그러니 걱정하지 마.”

수압 때문에 코피가 난다는 그는 말했다.

하지만 그녀는 알았다. 그가 그 푸른색의 세상과 하나가 되기를 간절히 원한다는 사실을. 저 역시 푸른빛의 입자가 되고 싶어하는 것을.

와당탕. 그녀는 핏물이 번져 있는 그 연한 빨간색의 물을 엎어버렸다. 소용돌이를 치며 싱크대 하수배관 속으로 빨려들어가는 그 핏물을 그녀는 굳은 얼굴로 지켜보았다. 그가 뭘 하든 나하고는 상관없는 일이야, 그녀는 결기를 다지듯 자신에게 말했다. 그가 설령 바다 속에서 행복하게 사라지든, 고통스럽게 죽든 그것은 순전히 그의 문제였고, 그의 삶이었다. 타인이 어찌 타인의 삶을 구속하고, 재단하고, 간섭할 수 있을까. 사랑이라는 미명으로 타인을 임의대로 예인하고 방해할 수는 없는 일이었다.

그녀는 그의 삶에 있어 그저 한 명의 타인일 뿐이었다.

“어? 다들 안 왔어요?”

출입문에 매달아놓은 작은 구리종이 울리더니 미림이 들어왔다. 그녀의 손에 젖은 우산이 들려 있는 것이 비가 오는 모양이었다. 시장 통은 아케이드가 설치돼 있었고, 그런 탓에 비가 오는지도 모르고 있었다. 해가 비치는 날에도 연한 녹색의 아케이드는 있는 그대로의 일기를 보여주지 않았다. 그악스러운 햇빛도 그 아케이드를 통과할 때쯤에는 힘을 잃고 녹색의 얼룩으로 번져나갈 뿐이었다.

미림의 청바지 밑단 부분이 젖어 있는 것이 와도 많이 오는 모양이었다.

"비가 오는 모양이네?"

그녀는 출입문에 우산을 꽂을 수 있는 양동이를 가져다 놓으며 아케이드를 쳐다보았다.

"갑자기 쏟아지네요. 우산도 없이 나왔는데. 마침 지나던 길목에 가게가 있기에 급하게 사서 썼어요. 그나마 사서 쓸 수 있었기에 다행이지, 전부 젖을 뻔했어요."

노란색 면티에 남아 있는 빗방울을 털어내며 미림이 말했다.

"수건 줄까?"

"아니에요, 됐어요."

그녀가 묻자 미림이 사양했다.

"요즘 비는 안 맞는 게 낫지. 방사능이 잔뜩 묻어 있을 거야."

"뭐 도와드려요?"

주뼛거리며 주방 쪽으로 다가오는 미림을 향해 그녀는 웃어 보였다.

"아냐. 손님인데, 그냥 앉아 있어."

"그래도 선생님이 일하시는데 가만 앉아 있으려면 불편해요."

"미안해하지 않아도 돼. 여기는 내 가게고, 미림이는 지금 내 손님이야. 그러니 그냥 앉아 있어."

"정말 그래도 괜찮아요? 저 미워하지 않으실 거예요?"

"그래."

미림은 마지못해 멈춰 섰다. 그러다 화들짝 놀란 소리로 그녀의 손을 가리켰다.

"어머. 선생님 손에서 피가 나요."

피는 방심한 사이 계속해서 흘러내리고 있었고, 그녀의 손이 그 피로 번들거렸다.

"괜찮아. 칼질하다가 조금 스쳤어."

대수롭지 않다는 듯 그녀는 수도꼭지를 틀고 흐르는 물에 피를 씻었다.

"이리 줘봐요."

미림이 걱정스런 표정으로 성큼 다가오며 그녀의 손을 잡았다.

"괜찮아."

그녀는 미림의 손에 잡힌 자신의 손을 빼냈다.

그녀는 미림이 불편했다. 아니, 그녀가 싫었고, 미웠다. 마음 같아서는 이 집에서, 자신의 가게에서 당장 나가라며, 사박스럽게 그녀를 쫓아내고 싶었다. 여기가 감히 어딘 줄 알고 찾아오느냐며 다시는 이 집에 발을 붙이지 못하도록 그녀의 등 뒤에 물을 퍼붓고 몰강스럽게 욕설도 내뱉고 싶었다. 탄탄한 근육질의 몸, 동그라면서도 탄력 있게 올라붙은 엉덩이와 미끈한 다리, 조붓한 어깨에다 물 풍선처럼 탄성이 느껴지면서도 말랑말랑한 가슴과 고무 표면처럼 매끄러운 피부를 가진 미림은 영락없이 인어였다.

그의 손길이 그런 미림의 몸 곳곳을 헤집고 다녔다는 사실을 그녀는 알았다. 거칠다가도 부드럽게, 쓰다듬고 만지고 핥고 빨며 널뛰기하듯 정염과 회오 사이를 오갔을 것이다.

다시 말해 미림은 그녀에게 있어 어떻게 해볼 수 없는 연적이었다. 연적. 정말 미림을 연적이라 할 수 있을까. 스무 살 차이. 그 이십 년의 간극을 무엇으로 메꿀 수 있을까. 나이만으로도 미림은 그녀에게 전의를 빼앗고 참혹하게 만들어버렸다.

게다가 그와 미림의 사랑은 과거형이 아니라 현재진행형이었다.

"밴드 붙여줄게요."

미림이 호들갑스럽게 자신의 가방을 뒤지며 일회용 밴드를 찾았다.

"괜찮대두!"

저도 모르게 소리가 사나웠다. 느닷없는 그 새된 소리에 무참했는지 미림은 탁자로 가 등을 보이고 앉았다. 그러지 말았어야 했다. 보다 더 느긋하고 여유 있게 나이 어린 연적을 대했어야 했는데 순간 급발진하는 자동차처럼 제어력을 상실하고 말았다. 하지만 후회는 늦었다.

탁. 그녀는 애써 표정을 단속하며 손질해두었던 대구가 담긴 냄비를 불에 올렸다. 푸르스름한 불꽃이 왕관처럼 올라왔다.

말이 없는 서름한 분위기를 달래려고 요즘 무슨 작업을 하고 있냐며 미림에게 말을 건네려다 그녀는 포기했다. 그 역시 어색할 일이었다. 대화의 물꼬를 터봤자 금방 말이 끊길 테고 그러면 다시 어색해질 터. 그럴 바엔 차라리 처음부터 침묵을 견디고 있는 편이 나았다.

이제 매운탕은 불이 알아서 해줄 것이다. 적당히 불 조절을 하다가 나중에 사람들이 오면 그때 내놓으면 될 것이다. 음식의 맛은 불과 간에 있었다. 아무리 좋은 재료라 하더라도 간이 맞지 않으면 최고의 맛을 낼 수 없었는데, 간만 맞으면 재료들이 스스로 저들의 향을 내고 맛을 냈다. 다음으로 중요한 것이 불이었다. 중불이냐, 센 불이야, 약한 불이냐에 따라 요리의 완성도가 결정됐고, 언제 불을 끄느냐도 중요했다. 그리고 야채를 넣는 순서도 중요했고, 언제 넣느냐도 중요했다. 삶도 요리와 같았다. 누구를 만나고 어떻게 운용해나가느냐에 따라 삶의 풍경과 맛이 달라지는 것이다.

그녀의 의식은 자꾸만 미림에게 가 있었다. 아무렇지 않은 듯 야채를 다듬고 나물을 무쳐냈지만 그녀의 시선은 번번이 미림에게 향했다. 하지만 드러내놓고 그녀를 볼 수 없었다. 그저 곁눈질로 훔쳐볼 뿐. 미림 역시 어색함을 감추려는 듯 벽돌로 높이를 올리고 송판으로 단을 나눈 책꽂이에서 잡히는 대로 책을 뽑아들고 건성으로 페이지를 넘기고 있었다.

미림이 지금 보고 있는 것은 이 년 전에 가졌던 그녀의 전시회 팸플릿이었다. 푸른색의 세상. 안은 그야말로 푸른색으로 가득했다. 푸른 하늘, 푸른 바다, 푸른 방. 그 사진 속에서 하늘과 바다는 유난히 쪽빛을 띠고 있었고, 새벽녘 박명이 스며든 방은 푸르스름한 빛깔로 우울해 보였다.

미림 역시 시선 둘 곳을 찾아 그 팸플릿을 보고 있다는 사실을 알았지만 그녀는 마치 자신을 들키고 있는 것 같아 불편했다. 저 젊고 싱싱하고 아름다운 여자가 자신의 속살을 훔쳐보고, 의식을 엿보는 것이 싫었다. 어찌해볼 수 없는 저 연적에게 이렇듯 자신의 알량함을 들키고 싶지 않았다.

"요즘 작업 많이 해?"

그녀는 미림의 시선을 돌리려고 말을 건넸다.

"아니에요. 통 못하고 있어요."

"왜?"

"글쎄, 시간적 여유도 없고, 꼭 해야겠다는 간절함도 생기지 않아요."

미림은 그렇게 대답했지만 그녀는 알았다. 미림이 사진을 찍지 못하는 큰 이유가 그 때문이라는 사실을. 몹쓸 사랑에 치여 그녀는 진창을 헤매고 있는 중이었다.

"선생님은요? 작업 많이 하세요?"

"아니."

"왜요? 선생님 작품을 좋아하는 사람들이 많잖아요."

"해야겠지. 한데……"

"선생님, 저희들 왔어요."

고맙게도 그때 약속한 일행들이 요란스럽게 이화점 안으로 들어왔고 미림과의 불편한 대화를 이어가지 않아도 되었다.

"어? 미림이 언제 왔어?"

"야, 맛있는 냄새다. 선생님 오늘도 기대돼요."

“미림이 오랜만이네. 어떻게 된 거야? 그동안 통 얼굴도 안 보이고.”

“그렇게 됐어요.”

동시다발로 그들의 말이 얽혔다. 어디서 만나 함께 왔는지 한꺼번에 들이닥친 그들로 인해 이화점은 순식간에 왁자지껄 소란스러워졌다. 그녀는 그 소란이 반가웠다.

“배고파 죽는 줄 알았어요. 빨리 맛있는 거 줘요.”

“야, 술부터 해야지 밥은 무슨 밥. 선생님 우리 술부터 줘요.”

누군가는 고픈 배를 쓸어내렸고, 누군가는 밥을 조르는 그 고픈 배를 타박했다.

“알았어. 다 됐으니까 조금만 기다려.”

그사이를 참지 못하고 누군가 주방 한편에 있는 냉장고로 가더니 소주를 꺼내들고 또 다른 누군가는 수저통에서 수저를 챙겼다. 또 다른 누군가는 컵과 물병을 가져다 물을 채우고 또 누군가는 주방에서 반찬들을 내왔다.

“오늘도 성실이 형은 안 오나? 연락해봤어?”

누군가 불쑥 그를 물었다. 그녀는 성실이란 이름에 마치 심장에 쐐기가 박히는 것처럼 움찔했다. 그러고는 얼른 곁눈으로 미림의 표정을 훔쳐보았다. 미림 역시 얼굴에 환하게 펴져 있던 웃음이 흔들렸다.

"통화가 안 돼요. 몇 번이나 전화를 했는데 안 받아요."

"그래? 나도 성실이 형을 본 지가 오래됐는데. 바다에 갔나?"

누군가 묻고 누군가 대답했다.

"미림이 너, 성실이 형이랑 친하지? 성실이 형 요즘 뭐 하냐? 뭐 하고 사는데 통 소식도 없고 얼굴도 볼 수 없냐?"

"저도 안 본 지가 꽤 됐는데요. 모르겠어요. 뭐 하는지……"

누군가 미림에게 물었고, 그 물음에 미림은 자신 없는 소리로 얼버무렸다. 미림이 그녀의 귀를 의식하고 있음이었다.

"너도 몰라?"

"네. 안 본 지가 한 달도 넘었어요."

"그래? 미림이 너랑도 연락이 안 된다니까 더 걱정되네. 언제쯤이나 성실이 형이 마음잡고 살는지 걱정이다. 형을 생각하면 늘 아슬아슬해. 이제 나이도 있으니까 정신 차리고 살아야 할 텐데 아직도 그렇게 떠돌아다니고만 있으니, 원."

순간 미림의 시선이 그녀를 향했다가 다시 제자리로 돌아갔다. 미림의 시선과 그녀의 시선이 허공 어느 지점에선가 부딪쳤다가 황급히 거둬들여졌다.

미림의 말은 사실일 터였다. 그는 미림에게 연락하지 않았을 것이다.

스물셋의 청춘. 세상 모든 것이 다 아름다워야 할 그 빛나는 청춘의 시간을 자신 같은 사람이 건드려서는 안 된다고 어느 날 그는 술기운에 혀가 풀린 소리로 주절거렸다. 우는 것인지 웃는 것인지 모르게 그의 얼굴이 기묘하게 일그러져 있었다. 그는 그랬다. 미림은 상처받아서는 안 된다고. 아픔이나 상처에 내성이 없는 미림은 그 순수한 상태로 꿈을 꾸게 내버려두어야 한다고 했다. 그러니 자신은 미림에게 다가가서는 안 된다고 했다.

얼마나 마셨는지 그의 발음은 뭉개져 있었고, 그 발음이 뭉개진 말들에 그녀는 가시가 돋았다. 간밤의 통음 탓에 고개도 제대로 들지 못하는 그에게 그녀는 사박스럽게 따져 묻고 싶었다. 미림이 상처받아서 안 된다면, 그럼 자신은 상처받아도 되냐고, 미림이 순수하다면 자신은 뭐냐고, 그렇게 큰 소리치며 대거리하고 싶었지만 그녀는 터져나오려는 말을 삼켰다.

그에 대한 자신의 사랑이 연민인 것처럼 미림에 대한 그의 사랑도 연민이었다. 사랑 가운데 가장 치명적인 사랑을 들라면 연민일 것이다. 사랑의 본질은 연민이었고 자기애였다. 열정적인 사랑이야 그 뜨거움이 가시면 시들해지지만 연민은 질기고도 끈질겼다. 상대가 어떤 자세를 취하든,

그 연민은 새록새록 자가발전하며 스스로를 부추겨 세우고, 더 주지 못한 것을 아쉬워하며, 그렇게 그렇게 상대에게 흐르곤 했다. 그 희생적 사랑도 자기만족이 없으면 하지 못하는 법. 타인을 사랑함으로써 자신의 존재를 느끼고 행복해하는 점에서 모든 사랑의 본질은 자기애였다. 사랑은 불가항력적이기도 하지만 그래도 행복해지기 위해 하는 것이 아니던가. 처음부터 상처받고 아픔을 생각하며 사랑에 빠지는 사람은 없다.

연민. 그의 미림에 대한 사랑이 연민임을 확인할 때마다 그녀는 이상한 식욕이 치받쳐 올라왔다. 괴물 같은 그 식욕을 어떻게 제어할 수도, 달랠 수도 없었다. 입맛에 동했다기보다는 무어라도 해야 하겠기에, 그냥 가만있으면 그대로 무너져버릴 것 같기에 그녀는 냉장고를 뒤져 꾸역꾸역 먹어댔다. 먹고, 먹고, 또 먹어댔다. 비스킷도 좋았고, 과일도 좋았고, 말라비틀어진 오이도 좋았다. 양푼에 벌건 김치가닥을 통째로 집어넣고 고추장도 듬뿍 넣어 비벼먹기도 했다. 속이 뒤틀리면 눈물 질금질금 쏟아내며 풋고추를 된장에 찍어 맨입으로 씹어대기도 했고, 입가심한다며 달콤한 요구르트를 밥숟가락으로 푹푹 떠먹기도 했다. 먹어도 먹어도 이상하게 그 식욕은 가라앉지 않았다. 음식물로 가득찬 위장이 금방이라도 찢어질 듯 통증까지 느껴졌지만 그 식욕은 가실 줄을 몰랐다. 환지통처럼 먹어도 먹어도 그 식욕을 달랠 수는 없었다. 아니, 간지러워 긁으면 오히려 간지러움이 더하듯, 그 식욕은 먹을수록 더 그악스럽게 그녀를 괴롭혀댔다. 그러고는 턱까지 숨이 차오르면 그대로 화장실로 달려가 먹은 것 전부를 게워냈다. 변기 안에 쓸어담듯 먹어치운 내용물이 혐오스럽게 떠다니고 있었다.

그 죽탕물 같은 내용물은, 그 불결하고도 혐오스러운 그 토사물은 바로 그녀 자신이었다.

그를 갖지 못해 엉뚱한 것으로 그 허수함을 달래려는 자신이 초라하고도 무참했다. 잊으리라. 그를 잊으리라. 그를 잊어버리리라. 그에게 복수하는 단 하나의 방법은 그를 잊어주는 것이었다. 그것도 말끔히. 아주 말끔히. 아무런 대응도 하지 않고, 유령처럼 그를 대해주는 것이었다. 그를 추억하거나 애달아하지도 않고 미련 따위도 갖지 않으며, 그가 들어 있던 마음자리에 어떤 흔적이나 자위도 남기지 않고, 그렇게 잊어줄 것이다……

하지만 번번이 그녀의 다기진 결기는 그의 앞에서 무너져 내렸고, 그놈의 연민은 어떻게 된 게 퍼내고, 퍼내고, 또 퍼내도 돌아보면 가슴 밑바닥에 핏빛으로 고여 있곤 했다.

"또 바다에 간 거 아냐?"

"그러게. 녀석이 바다에 환장한 이유가 뭐야? 왜 그렇게 죽기 살기로 바다에 가는 거야?"

누군가 묻고, 그 말에 누군가 말을 보탰다.

"성실이 형 속을 누가 알겠어? 제 속을 내보여야 말이지."

"지난번에는 녀석이 죽을 뻔한 것을 같이 간 일행이 구해냈나 봐. 물 밖으로 나올 때가 지났는데도 나오지 않기에 들어가봤더니 녀석이 정신을 잃었더래. 조금만 늦었어도 큰일 날 뻔했다는데, 녀석은 그랬다는 말도 안 해. 마침 그 일행 가운데 내가 아는 사람이 있어서 알게 됐는데, 글쎄 그 사람이 성실이 녀석 이야기를 하더라니까."

그 말에 그녀는 손목에 힘이 풀리면서 하마터면 들고 있던 접시를 놓칠 뻔했다. 그러고도 남을 사람이었다. 바다와 하나가 되고 싶어하는 사람이니, 그럴 수도 있음이었다. 그 역시 하나의 물방울로, 하나의 포말로 그렇게 부서져 바다에 섞이고 싶어하는 사람이었으니 어쩌면 그 스스로가 그렇게 되도록 일을 꾸몄는지도 모를 일이다.

떠돌아다니는 그에 대한 소문들이 새로운 안주거리로 피어나고 있었다. 확인되지 않은 말들은 얼마나 자극적이고 불온하던가. 그가 없는 자리에서 그는 자신의 의도와는 상관없이, 재조립되고 윤색되고 각색돼 새삼 화려하고도 불온하게 부활하고 있었다.

그녀는 그가 씹히고 있는 좌중에 참나물이 담긴 접시를 내려놓았다. 방금 데친 참나물에 참기름을 듬뿍 넣고 무쳐낸 것이었다. 콧속의 융털을 자극하는 참기름의 고소한 향이 벌써부터 입안에 침을 고이게 만들었다.

"참나물이야. 먹어봐."

"와우. 먹음직스럽네."

다들 눈을 반짝이며 젓가락을 집어들었다. 입에 감기는 쾌감에 그들은 그에 대한 저작을 중단했다.

그녀 역시 그가 바다에 집착하는 이유를 알지 못했다. 그의 가게에 대해서도 그는 말을 아꼈고, 그녀는 묻고 싶은 것을 참았다. 그녀는 그의 모든 것이 궁금했지만 그가 말하지 않는 것을 묻지 않았고, 또 그가 묻지 않은 것을 말하지 않았다. 설령 그가 말하지 않는 것을 물었다면 그가 대답했을까?

그와 그녀 사이에는 묵계 같은 것이 존재하고 있었다. 캐묻지 않기. 모른 체하기. 그 묵계가 그를 안심하게 만들었고, 그 묵계가 또 다른 고삐가 되어 그를 그녀에게 이끌었다.

"그거 알아?"

어느 날, 밑도 끝도 없는 그의 물음에 그녀는 뒤를 돌아보며 되물었다.

"뭘?"

"프로이트가 요리사였던 거."

"그랬어?"

"그가 남긴 요리법도 있어. 타나토스 비프, 나르키소스, 실어증 소스를 곁들인 소 혀 요리, 그가 개발한 것들이지."

"그런 것도 있어? 기발하네."

"그래, 프로이트는 친절하게 레시피도 남겨놓았어. 어때? 당신도 프로이트처럼 당신만의 독특한 요리를 개발해보는 게. 카니발 정식, 네이키드 스시, 이런 거 말이야. 근사하지 않아?"

"됐어. 음식이라는 것은 살기 위해서 먹는 거지, 삶을 치장하는 것이 아니야."

"사는 데 왜 그렇게 집착해? 당신은 사는 게 좋아?"

웃으며 묻는 그의 표정이 왠지 비장해 보였다.

"사는 게 좋다고는 하지 않았어. 삶에 집착하는 것도 아니고 당신 말처럼 오래 살고 싶은 것도 아니야. 하지만 죽는 거보다는 낫지 않아? 살아 있으니까 오늘을 볼 수도 있고."

그녀는 살아 있으니까 이렇게 당신을 볼 수도 있고, 라는 말을 하고 싶었다. 서른다섯 살의 남자. 일 미터 육십오가 될까 말까 한 키에 구릿빛 피부와 여자의 것처럼 단아한 입매와 이마를 가진 당신을 볼 수 있어서 행복하다는 말을 하고 싶었다.

"그럼 기왕 살아갈 거라면 짜릿하게 살아 있음을 느끼는 거지. 그러려면 노력도 필요한 거야. 그저 밍밍하게 하루하루를 보낼 것이 아니라 뭐든 해야 한단 말이라구. 음식도 그 하나가 될 수 있겠지. 음식은 또 다른 쾌락이야. 프로이트는 구강의 쾌락을 또 다른 성의 유희로 봤지."

그래서 바다에 가느냐고 묻고 싶었지만 그녀는 이번에도 묻지 못하고 다른 소리를 했다.

"하루하루 살기 위해서 전쟁 같은 대가를 치르는 사람들에게는 그건 무례한 헛소리일 뿐이야. 무슨 구강의 쾌락이 성의 쾌락이야. 그들은 살아남기 위해서, 먹을 것을 구하기 위해서 자기를 소모하고, 그렇게 얻은 것을 허겁지겁 삼켜. 맛을 음미해볼 겨를도 없이 말이야. 오로지 살기 위해서 먹을 뿐이야. 그들에게 먹을 것은 또 하나의 공포야. 그저 자신의 초라함과 비루함을 증명해주는 생명줄이란 말이야. 그런 그들에게 음식이 삶의 쾌락을 더해주는 도구나 장치라구?"

"왜? 허기를 채우는 것도 강력한 오르가슴일 수 있지. 배가 찢어질 듯한 팽만감. 굶주린 사람들에게는 한 끼를 해결했다는 것 또한 정신적인 쾌감일 수도 있지 않겠어?"

"배부른 소리 하지 마. 배가 고픈 사람들과 가난한 사람들에게 있어서 허기와 음식은 탐미할 대상이 아니라 풀어야 할 지난한 숙제일 뿐이야."

그녀의 음성 속에 저도 모르게 가시가 돋아나 있었다.

"그렇게 예민하게까지 굴 건 없잖아? 당신답지 않게."

"나다운 게 어떤 건데?"

그를 바라보는 그녀의 시선이 꼿꼿했다.

"이리 와. 암고양이처럼 손톱 세우지 말고. 당신의 그 요염하고도 풍만한 엉덩이를 보여줘. 당신은 네이키드 스시야."

네이키드 스시. 그와 언젠가 네이키드 스시를 말한 적이 있었다. 알뜰히 발라낸 생선의 살점을 사람의 나신 위에 올려놓는 그 먹을거리에 대해. 웬만한 어린아이보다 더 무거운 민어를 가져와 그 안에서 부레를 발라내다가 그는 문득 네이키드 스시를 입에 담았다. 생선의 살점을 올려놓을 그릇 역할을 할 사람은 몸에 난 터럭을 말끔히 손질하고 체온에 살점이 상하지 않도록 얼음물에 잠깐 몸을 담그고 나온다고 했던가.

그는 네이키드 스시를 가장 맛있게 먹는 방법은 나신 위에 가지런히 올려진 그 살점을 먹는 것이 아니라 그 그릇을 먹는 것이라 했다.

"네이키드 스시의 에티켓은 그 그릇을 건드리면 안 된다는 거야."

그녀의 말에 그는 입술을 비틀며 웃었다.

"강렬한 쾌감은 금기에서부터 비롯되지. 조르주 바타유가 그랬어. 완벽한 사랑은 죽음이 동반되어야 한다고. 다시 말해 사랑의 완성은 죽음이야. 죽음만이 가장 큰 오르가슴이지."

"네이키드 스시에 어떻게 완벽한 사랑을 대입시킬 수 있어?"

"죽음이 수반되어야 완벽한 사랑이 될 수 있듯 네이키드 스시의 최종 목적지는 그 저며진 살점이 아니라 그릇 자체에 있는 거지."

그의 눈빛이 이상한 빛으로 번들거렸다.

"이리 와."

그는 더 이상 참을 수 없다는 듯 거칠게 그녀를 끌어당기고는 유방을 찾아 물었다. 그러고는 힘 있게 빨았다. 아파! 그녀는 힘껏 그를 밀어냈지만 그의 완력을 당해낼 수는 없었다. 유두로 그녀의 모든 것이 빨려나가는 듯했다. 아득해지는 게, 그녀의 모든 피톨과 의식과 생각 들이 그 유두를 통해 그에게 빨려들어갔다.

그는 그녀의 유방을 풍요와 대지의 상징이라며 그 유방에 대고 경의를 표했다. 그 가슴이 부럽다고 했다. 저도 그런 가슴을 갖고 싶다고 했다. 할 수만 있다면 가슴 달린 여자로 살고 싶다고 했다.

묵직한 통증이 저 아래로부터 차올랐다. 마치 밀물이 밀려들듯 꽉 차오르는 그 포만의 느낌에 그녀는 길게 숨을 내쉬었다. 그는 바다였다. 그 자신이 바다였다. 미끈한 고래, 다리를 잃은 인어, 비늘이 있는 유선형의 작은 고기, 바다는, 바다 속 생물은 바로 그 자신이었다.

그러다 어느 순간 그는 머리를 감싸안고 고통스러워했다. 아으으으. 그의 신음이 기이했다. 깊고도 깊은 어두컴컴한 동굴에서 울려 나오는 소리처럼 음험하고도 깊었다. 그악스러운 두통에 그는 어찌할 줄을 몰라 했고, 고통으로 일그러진 그의 얼굴에서 진득한 침이 흘러내렸다.

그녀는 예고 없이 찾아오는 그의 두통을 나눠 가질 수 없었다. 어떻게 해, 허텅지거리 같은 말만 연발하거나 가슴 쓰라리게 지켜볼 뿐, 그의 통증을 덜어주거나 없애줄 수 없었다. 통증은 온전히 그의 몫이었다. 그녀는 철저히 타인이었고, 방관자일 뿐이었다. 위로의 말은 그에게 도움이 되지 못했다.

"물속으로 들어가고 싶어. 물속으로 들어가면 이 두통도, 이 통증도 가실 거야. 그러니 나를 물속으로 데려다 줘. 제발."

그는 통증 속에서 허우적거리며 애원하듯 말했다.

진땀으로 번들거리는 그의 몸에 오후의 햇빛이 미끄러져 내렸다. 그런 그의 몸은 그대로 막 물에서 나온 한 마리 물고기였다.

발작과도 같은 두통은 반나절 이상 지속되었다. 무력하게 저를 옭아매는 두통에 몸부림치다가 몸속의 에너지가 다 소진된 뒤에야 그는 기진해서 잠이 들었다. 잠든 그의 얼굴에서는 거짓말처럼 조금 전 두통의 기미는 찾아볼 수 없었다. 아니, 저도 모르게 움찔움찔 잡히는 미간의 주름은 두통의 남은 여진인지도 모른다. 그는 꿈속에서 여전히 두통에 시달리고 있는지도 모른다.

정말, 물속에서 그는 안정을 찾을 수 있을까. 물속에서는 통증이 가실까. 그녀는 당장에라도 그를 데리고 바다로 가고 싶었다. 가서 방생하듯 그를 물속에 놓아주고 싶었다. 그렇게 한번씩 그악스런 통증이 그를 긋고 지나가고 나면 언제 그랬냐 싶게 멀쩡한 얼굴로 그녀를 바라보고 웃었다. 그녀는 그 웃음이 보고 싶었다. 그의 몸 안에서 복닥대던 불순물들이 그 두통으로 인해 모두 사라진 듯 두통 후의 웃음은 유난히 순정해 보였다.

"일어나. 나를 먹어. 축제를 즐겨보라고. 네이키드 스시가 먹고 싶다고 했잖아. 그러니 일어나서 나를 먹어. 그러고 나면 바다에 데려다 줄게."

그녀는 땀으로 뒤발한 그의 몸을 쓸어내리며 주문을 외듯 그의 귀에 대고 속삭였다. 한순간 잔뜩 웅크리고 자는 그의 발가락 끝이 움찔, 움직이는 듯도 했다.

"자, 나를 먹으란 말이야."

그녀는 다시 그의 귀에 대고 속삭였다. 불쑥 그의 손이 그녀의 머리카락을 잡아채더니 땀으로 범벅이 돼 있는 자신의 품 안으로 가져가 안았다.

그리고 다시 그는 죽음과도 같은 잠을 잤다.

어쩌면 그는 어디선가 그 죽음과도 같은 잠을 자고 있는지도 모를 일이다. 또 한차례 너울처럼 찾아든 두통에 몸부림치다 기진해서는 널브러져 있는지도 모른다. 아니면 바다 속을 유영하고 있거나.

"맛있어요. 정말 맛있어요."

그녀가 내놓은 음식들을 부산스럽게 입으로 가져가며 누군가 말했다. 돼지고기 덩어리를 된장과 양파와 커피와 대파와 캐러멜을 넣고 푹 삶아낸 수육이었다.

"특별 음식이야."

"특별 음식이요?"

"그래, 카니발 정식. 오늘의 메뉴야."

그녀는 웃으며 대답했다.

"네?"

누군가 그녀를 쳐다보며 물었고, 그녀는 웃으며 대답했다.

"카니발 정식이라구."

"카니발 정식이 뭐예요?"

그녀는 웃음으로 대답을 대신하고 음식을 지분거리는 그들을 지켜보았다.

카니발 정식. 한때 이 세상을 살았던 생물들의 살점으로 이루어진 음식들이니 이것들이 바로 카니발 정식이었다. 이 카니발 정식은 그를 위한 요리였다. 저를 내놓는 거. 그대로의 자신을 그에게 내놓는 것. 하지만 지금 접시 위에 담아 그들에게 내간 살점은 그녀가 아닌, 돼지의 살점이었다.

벌써 빈 막걸리 병이 늘어나 있었다. 시장기가 돈 만큼이나 술이 고팠던지 그들은 황급히 술을 비워냈다. 하긴 생기와 활기로 넘쳐나는 청춘의 몸에 무어 막힘이 있고, 무어 주저할 게 있을까. 그들은 홍겹고도 왁자하게 주거니 받거니, 서로의 빈 잔에 술을 치고, 마시고, 잔을 부딪치며 그날의 만남을 홍겨워하고 즐거워했다.

문득 미림이 일어나더니 후다닥, 구리종이 달린 문을 열고 나가 어둠이 내려와 있는 시장 통을 뒤졌다. 느닷없는 미림의 행동에 사람들은 그녀의 뒤를 좇았지만 이내 실내로 눈길을 돌렸다.

하지만 그녀의 시선은 미림을 따라갔다. 밖은 어둠뿐이었다. 미림이 본 것이 무엇이었을까. 출입문 옆에 걸어놓은 화장실 키가 그대로 있는 것이 화장실을 간 것 같지는 않았다.

미림은 여전히 두리번거리며 무언가를 찾고 있었다. 아홉 시가 넘은 시장은 파장한 지 오래라 사람은 많지 않았다. 가게를 단속하고 집으로 돌아가는 시장 상인들의 고단한 모습만 간간이 눈에 밟힐 뿐. 그렇게 한동안 통로에서 서성거리던 미림은 풀이 죽은 모습으로 다시 이화점 안으로 들어왔다.

그런 미림을 보고 누군가 물었다.

"왜 그래?"

"그 사람인 것 같았어요."

"누구?"

미림의 자신 없는 대답에 누군가 밖으로 시선을 돌렸다.

"그가 창문 밖에서 실내를 들여다봤다구요."

누군가의 물음에 미림은 초조한 표정으로 대답했다.

그녀는 가슴이 쿵 하고 내려앉았다. 미림이 그 사람이라면 그일 것이다. 언제나 바다가 되고 싶어하는 사람.

그녀는 미림에게 정말 그였냐고, 정말 봤냐고 물어보고 싶었지만 한마디도 물어볼 수 없었다. 미림의 입에서 그의 소리를 들었을 때 그녀는 명치 부근이 불을 맞은 듯 아프고 아리고 쓰렸다. 먹먹해 숨이 멎을 지경이었다.

그는 미림의 남자였고, 미림은 그의 여자였다. 둘은 잘 어울리는 그림이었고, 한 쌍이었다. 그녀는 입을 꾹 다물고 현실을 목도했다. 명치 끝에서 무언가 불온한 기운이 뭉쳐지고 있었다. 왜 저 여자는 상처받아서는 안 되고 왜 자신은 상처받아도 될까. 왜 저 여자는 지켜줘야 하고 왜 저는 버림받아도 될까. 그에 대한 원망이 몹쓸 분노로 자라고 있었다.

미림의 시선은 여전히 밖을 향해 있었다. 들어와서도 선뜻 안으로 시선을 거두어들이지 못하고 연신 밖을 살피고 있었다. 그녀의 시선 역시 미림의 시선을 따라 개펄 같은 어둠이 고여 있는 창밖을 헤매고 있었다. 몸은 이화점 안에 있으되 온전히 정신과 마음은 밖에 가 있었다.

미림이 봤다면, 그는 지금 저 어둠 속 어디엔가 또 다른 어둠으로 떠돌아다니고 있을 것이다. 아니, 미림이 잘못 보았을 수도 있음이었다. 이 어둠 속에서 어떻게 그를 분간해 낼 수 있을까. 그는 지금쯤 빛도 들지 않은 어느 바다 속을 유유히 유영하고 있는지도 모를 일이다. 미림이, 그가 그리워 헛것을 보았는지도 모를 일이다. 그가 하도 간절해 그녀의 마음이 헛것을 만들어냈는지도 모를 일이다.

정말 저 어둠 속에 그가 와 있을까? 여기 왔다면 그는 저 어둠 속에서 자신을 기다리고 있을 것이다. 이 질펀한 술자리가 파하기를 기다리면서 그는 또 하나의 어둠으로 저 어둠 속을 어슬렁거리고 다닐 것이다.

그녀는 일이 손에 잡히지 않았다. 자꾸 물이 닿아서 그런지 조금 전 칼이 긋고 지나간 상처에서 또다시 피가 배어나오고 있었다.

왜 바다가 좋으냐는 그녀의 물음에 그는 무어라 대답했던가?

"모르겠어. 바다에 들어가면 그냥 마음이 편해져. 바다 속에 들어가 있노라면 소음들과 잡념들이 사라지지. 바다 속에 가만히 몸을 맡기고 있노라면 어머니의 품 안에 안긴 것처럼 너무나 편안해. 물결을 따라 가만히 있다 보면 물의 입자들이 나를 간질이고, 내 오장육부를 쓰다듬어주지."

그 말끝에 그는 덧붙였다.

"그 물결의 느낌이 마치 네 손 같아. 너는 또 다른 바다야. 너의 자궁은 바다 같지."

그는 누워 천장을 쳐다보며 꿈꾸듯 말했다. 그의 시선은 천장을 향해 있었지만 그가 보고자 한 것은 천장이 아니었다.

자궁이 바다 같다니.

그녀는 그가 저 어둠 속 어디엔가 있다는 것을 알았다. 그는 저 어둠 속에서 이들이 가기를 기다리고 있을 것이다. 타나토스 비프. 그가 오면 타나토스 비프를 만들어줄 것이다. 늘 죽음에 한 발을 담그고 있는 그에게 가장 어울리는 음식은 네이키드 스시나 카니발 정식이 아닌, 타나토스 비프일 것이다.

열한 시가 가까워지고 있었지만 한번 벌어진 술판은 좀처럼 끝이 날 줄을 몰랐다. 아니, 시간이 갈수록 그들의 밑자리는 더 무거워지고 있었다. 그사이 그녀는 홍어 삼합을 내가고, 오징어 초무침을 내가고, 떨어진 수육을 보충해주고 파전을 부쳐냈다.

"선생님, 여기 술이요."

누군가 빈 술병을 들어 보이며 술을 주문했고 그녀는 술을 가져다주는 대신 시계를 쳐다봤다. 그만 끝내라는 무언의 명령이었다.

미림은 밖의 뻘밭을 헤매고 돌아온 뒤 취하기로 작정한 듯 자작으로 술을 치고, 건너오는 술잔을 마다하지 않고 모두 받아들였다. 마시고, 마시고, 또 마시고, 주저하는 일 없이 한입에 털어넣었다. 그 대책 없는 술잔들을 그녀는 벌물 들이켜듯 마셔댔고 몸을 제대로 가누지도 못하고 있었다.

"술 주세요. 술."

다시 누군가 외쳤다.

"너무 과하지 않아? 오늘은 이만 끝내는 게 어때?"

그녀는 저도 모르게 희미하게 미간을 찌푸리며 좌중을 둘러보았다.

"괜찮아요, 선생님. 걱정하지 마세요. 그리고 선생님도 이리 오세요. 우리랑 어울려요. 술만 가지고 오세요."

누군가 자리를 옆으로 옮기며 그녀가 앉을 자리를 만들었다.

"술이 없어. 다 떨어졌어."

"없으면 어떡해요? 이제 한참 시작인데."

누군가 호기를 부렸다.

"술도 없는데 오늘은 이만해. 시간도 오래됐고."

"아유. 안 돼요. 이제 좀 오르려고 하는데. 조금만 더 할게요."

누군가 그녀의 말을 막았다.

"알았어. 가서 사올게."

그녀가 마지못해 지갑을 찾아들고 나서자 누군가 자기가 가겠다며 자리에서 일어났다.

"괜찮아. 내가 갔다 올게."

그녀는 누군가의 호의를 물리치고 밖으로 나왔다.

어둠은 그사이 더욱 농밀해지고, 더욱 두꺼워지고, 더욱 무거워지고, 더욱 장렬해져 있었다. 불빛이 사라진 곳에서는 실루엣조차 허용하지 않았다. 그 어둠 속에 들어서면 모든 것이 다 어둠이 되었다. 기억을 지우는 어둠이 있으면…… 좋겠다고 그녀는 생각했다. 모든 것을 완벽하게 지우는 이 어둠이 자신의 내부로 스며들어 기억과 몸속에 남아 있는 그의 흔적을 말끔히 씻어내주었으면 좋겠다고 생각했다. 그의 감옥으로부터, 사랑이라는 그 사치스럽고도 소모적인 감정으로부터 이제 그만 놓여났으면 좋겠다고 그녀는 소망했다. 더 이상 그에게 휘둘리지 않고 그렇게 씩씩하게 자신의 길을 갈 수 있었으면 좋겠다고 그녀는 생각했다.

하지만 한 치 앞도 허용하지 않는 이 어둠이, 그녀를 지우는 이 어둠이, 한편으로는 부러우면서도 또 한편으로는 두려웠다.

"이리 와."

불쑥, 어둠 속에서 누군가 그녀의 손목을 거칠게 낚아챘다. 어마낫! 그녀는 낮게 외마디 비명을 내지르며 허방에 빠지듯 자신을 잡아채는 그 손길에 끌려갔다.

그였다. 한 마리 인어.

"이거 놓고 가. 아파."

우악스럽게 끌고 가는 그의 손길에 그녀의 발걸음이 자꾸 엉기며 넘어지려 했고 잡힌 손목은 아팠다. 하지만 그는 막무가내였다.

"언제부터 있었던 거야?"

그에게서는 어떠한 대답도 없었다. 그저 어둠으로 움직였을 뿐. 미림이 보았던 것은 그였고, 어둠이었다. 그의 내부에 깃들어 있을 그 어둠. 완벽한 어둠. 그가 품고 있을 또 다른 어둠은, 그 어둠의 깊이는 아무도 알 수 없었다. 그 자신조차도 자신 안에 깃들어 있는 어둠의 깊이와 농도를 몰랐다.

그에게서 희미하게 바다 냄새가 났다. 푸르다 못해 암흑으로 펼쳐져 있는 세상, 그 어둠의 냄새가 그에게서 풍겼다.

그녀는 자신의 팔목을 그러쥐고 성큼성큼 나아가는 그에게서 놓여나려 버둥거렸다.

"사람들이 기다릴 거야. 놔."

하지만 그는 완강하게 어둠을 헤치고 나아갔다.

그는 시장 아케이드를 벗어나 조그만 미로 같은 골목 안으로 그녀를 끌고 갔다. 더 진한 어둠이 그곳에 있었다. 그 골목은 재개발이 예정돼 있었고, 골목 끝에는 오래된 여인숙이 있었다. 언젠가 그녀는 그 여인숙에서 그와 함께 뜨겁게 엉킨 적이 있었다. 타인의 머리카락과 함께 누군가의 정액이 낡은 이불에 노란 얼룩으로 말라붙어 있었지만 그런 것은 문제가 되지 않았다. 그저 그와 한 몸이 되고 싶다는 마음에, 그에 대한 사랑으로 달떠서는 그렇게 그 밤 내내 바퀴벌레와 개미와 거미 들과 함께 밤을 보냈었다.

그는 골목 블록 담벼락에 그녀를 거칠게 밀어붙이고는 그녀의 치마를 걷어올렸다. 훅, 그의 입에서 빠져나온 뜨거운 입김이 그녀의 귓불에 와 닿았다. 그 숨결에 술기운은 묻어 있지 않았다.

"이러지 마."

그녀는 그를 밀어내며 저항했지만 그를 밀어내면 밀어낼수록 그는 더 센 완력으로 그녀를 옭아맸다.

"가만있어."

그의 손이 거칠게 가슴을 움켜쥐었다. 땀이 났는가, 뜨듯한 그의 손에서 습한 기운이 느껴졌다.

"아파. 이러지 마. 사람들이 기다릴 거야."

그녀의 말이 채 끝나기도 전에 그의 혀가 입속으로 파고들며 말을 막았다. 저 혼자 살아 움직이는 것처럼 혀는 그녀의 입안으로 깊숙이 파고들며 구석구석을 뒤졌다. 혀의 움직임이 그녀에게서 말을 앗아갔다. 까칠한 수염과 입안에서 꿈틀대는 혀의 움직임으로 비로소 그녀는 그를 느낄 수 있었다. 이 즉각적이고도 즉물적인 행위를 통해서만 그녀는 그의 존재를 느낄 수 있었고, 가질 수 있었다. 이 행위가 끝나고 나면, 그는 늘 허상으로만 그녀에게 존재했다. 조심스럽지 못한 한 번의 날숨에도 파팟 꺼져버리고 마는 비눗방울 같은 존재가 바로 그였다. 하여 늘 조심스러웠고, 늘

안타까웠으며, 늘 갈급했다. 가질 수 없음으로 더 간절했고, 가짐으로써 더 아쉬웠다.

하지만 언제 한 번이라도 그를 가진 적이 있던가. 온전하게, 자기만의 것으로 가져본 적이 있던가. 안고 있어도 그는 그녀에게 있지 않았다. 함께 있으되 그의 생각은 다른 곳을 떠돌았고, 자신의 몸 안에 짱짱하게 뿌리를 박아놓고 있으면서도 마음은 다른 곳을 헤맸다.

아. 어느 순간 그녀는 저도 모르게 낮게 비명을 질러댔다. 몸속 깊은 곳에 꽁꽁 숨겨져 있던 그 비밀한 동굴이 그로 인해 열리면서 그가 몸속으로 들어왔다.

합일. 가장 아름다우면서도 가장 처절한 몸부림. 우주의 완벽한 합일은 남녀의 교접이었다.

그녀는 그 순간 보노보를 떠올렸다. 보노보 원숭이는 종족 번식이 아닌 쾌락을 위해서도 섹스를 한다고 했다. 배면위가 아닌 마주 보며 서로의 사랑을 확인한다고 했다. 지금 이 순간, 보노보도 좋고 네이키드 스시도 좋고 한 여자여도 좋다. 그의 숨결을 느낄 수만 있다면. 그와 한 몸으로 뒤엉켜 이 생을 마감할 수 있다면. 그의 여자일 수 있다면.

그의 동작은 차라리 몸부림에 가까웠다. 무언가에 단단히 화가 난 듯 그는 다른 때보다도 더 격렬하게 그녀를 공격해 들어왔다.

그가 힘차게 몸속으로 들어올 때마다 그녀는 낮게 비명을 내질렀다. 입안에 소리를 가두려 했지만 그의 거친 공격에 소리가 터져나왔다. 그 소리에 골목을 어슬렁거리던 도둑고양이들이 도망가고, 쥐들이 구멍 속으로 숨었다.

등을 받쳐주는 담벼락 어디에 옹이 같은 돌출물이 있었는지 그녀는 괸 등이 아팠다. 하지만 아프다고 말하지 못했다. 아프다고 말하는 순간 자신의 몸속에 하나로 들어 있던 그가 빠져나갈까 봐 그녀는 아픔을 참았다.

할 수만 있다면 이 순간에 그녀는 숨이 다하고 싶었다. 그와 함께 숨이 멎고 싶었다. 다시 둘로 분리되지 않고 그렇게 하나로, 하나의 몸으로 이 생을 마감하고 싶었다. 비록 허망한 몸짓일지라도 이대로 그를 안은 채 삶을 끝내고 싶었다.

그건 사랑이었다. 사랑. 이 우라질 사랑.

그녀는 그를 사랑하고 있었다. 사랑이 아니라고 자신에게 우기고, 우기고, 또 우겼지만, 아니라고 도리질치고, 도리질치고, 또 도리질쳤지만 그에 대한 감정은 어쩔 수 없이 사랑이었다.

그는 거침없이 그녀를 공격했다. 아랫도리로부터 느껴지는 꽉 찬 포만의 느낌이 그녀를 오르가슴으로 인도했다. 어느 순간 그는 가쁜 숨을 몰아쉬더니 강아지 울음을 울며 그녀를 끌어안았다. 어느 때보다도 절정에 이른 그의 몸짓이 격렬했다.

"가봐야 돼."

그의 가쁜 숨이 잦아들기를 기다렸다가 그녀는 가만히 그를 밀어냈다.

"가지 마. 이대로 있어."

잘못 들었을까, 그의 음성에서 언뜻 울음이 묻어났다. 그 소리가 그녀의 가슴을 긋고 지나갔다. 넌 도대체 뭐냐고. 날 안으면서 왜 우느냐고 그녀는 하마터면 소리를 지를 뻔했다. 자신을 안으면서도 그가 울 수밖에 없었던 이유는 무엇일까. 자신은 그를 안으면 세상을 다 가진 것처럼 뻐근한데, 그 순간 숨이 끊어지기를 바라는데, 왜 그는 자신을 안으면서도 그렇게 서럽고 슬플까.

자신이 결코 그에게 위로가 될 수 없다는 사실에, 그에게 전부가 될 수 없다는 현실에 그녀는 절망하고, 좌절하고, 서러웠다. 하여 차갑게 가라앉았다.

"비켜."

그녀는 그를 밀었다. 하지만 그는 완강하게 저항했다. 어쩌면 그가 순순히 떨어져나갔어도 서운했을 것이다. 그저 허겁지겁 제 볼일을 보고 그렇게 서둘러 제 갈 길을 갔다면 분노마저 일었을 것이다.

그녀는 저항하는 그를 밀치고 흐트러져 있는 옷을 수습하고 머리를 단속했다. 그런데 어둠 속에서, 그 농밀한 어둠 속에서 자신과 그 말고 다른 사람이 있었다. 거짓말처럼 미림이 그 어둠 속에 서 있었다.

"언제부터 있었던 거야?"

그녀가 화들짝 놀라 물었다. 미림의 표정은 어둠에 지워져 있었지만 그녀에게서 뿜어져나오는 분노만큼은 그대로 느낄 수 있었다. 하지만 그는 미림을 무시했다. 마치 그 자리에 미림이 없는 듯, 그렇게 태연하게 옷을 입고 행동했다.

"나쁜 자식, 개자식."

미림이 부들부들 떨었다. 미림의 분노에 찬 소리에도 아랑곳하지 않고 그는 미림이 그 자리에 없는 듯 무심하게 굴었다.

그녀는 천천히 몸을 돌려 걷기 시작했다. 어둠이 사물을 가려 지척도 분간할 수 없었지만 그녀는 익숙한 길인 듯 주저함이 없이 발걸음을 내딛었다. 또각또각. 어둠 속에서 구두굽이 부딪는 소리가 공명돼 대기를 떠돌았다.

저 어둠 속에 남아 있는 두 사람에겐 어디까지나 자신은 삼자일 뿐이었다. 간섭해서도, 끼어들어서도 안 될 타인. 적개심과 증오로 몸을 떨고 있는 미림과, 그런 미림을 투명인

간처럼 대하는 그를 놓아두고 그녀는 어둠 속을 걸었다. 이 어둠이 위안이 되었다. 할 수만 있다면 이 어둠 속을 나가고 싶지 않았다. 이 참혹함을 누구에게도 들키고 싶지 않았다.

그녀의 내부에서 울음이 북받쳐 올라왔다. 방금 그를 안았지만, 방금 그와 한 몸을 이루었지만 그는 자신의 남자가 아니었다. 우악스럽고도 거친 몸짓으로 태질하듯 자신의 안으로 들어왔지만, 그런 그는 자신의 남자가 아니었다. 그저 그는 그 누군가가 필요했을 뿐이었다. 미림만 아니라면 그 누구도 좋았다.

그녀가 이화점 안으로 들어서자 산만하게 떠돌던 실내의 시선들이 그녀에게 날아왔다.

"어? 미림이 안 만났어요? 선생님이 안 오셔서 찾으러 간다고 나갔는데."

누군가 빈손으로 들어서는 그녀를 향해 물었다.

그들 앞에는 아직 개봉도 하지 않은 더덕술이 병째로 나와 있었다. 지난가을 너무 늙어 귀신의 모습을 하고 있던 할머니가 시장 길가에 놓고 앉아 있던 것을 애잔한 마음에 통째로 사다가 술을 부어놓은 것이었다. 황금빛 더덕술에 그녀의 시선이 머물자 그들은 송구스러워했다.

"죄송해요. 술이 떨어져서. 찾다 보니 이게 보여서…… 조금만 맛본다는 게 그만……"

미안해하는 그들의 말을 건성으로 흘려들으며 그녀는 벽에 걸려 있는 시계로 시선을 돌렸다. 시간은 벌써 한 시를 넘기고 있었다. 이화점 밖은 인적이 끊긴 지 오래였다.

"오늘은 이만 파하는 게 어때? 술도 없고. 문이 닫혀서 못 사왔어."

무겁게 가라앉은 그녀의 음성이 차가웠다. 그들은 잠시 서로의 표정을 살피더니 마지못해 자리에서 일어났다.

"야, 우리 노래방 가자. 이대로 가면 쓰겠냐?"

누군가 남은 취흥을 이기지 못하고 이차를 외쳤고, 누군가는 중심을 잡지 못하고 비틀거렸다. 또 누군가는 걱정스러운 표정으로 늦은 귀가를 염려했다.

"야! 한 명이라도 도망가면 안 된다. 알았지? 이 멤버 이대로 다 노래방으로 가는 거다. 여기서 도망가는 자가 있으면 배신자로 알 거야. 배신자는 절대 안 본다. 알았어? 그러니 알아서 옆 사람들을 챙기라구."

일행 중 나이가 가장 많은 누군가가 혀가 풀린 소리로 협박 아닌 협박을 했다.

"그나저나 미림이는 어디 간 거야? 대체 어디로 사라진 거야?"

"집에 갔나?"

"아니, 여기 핸드백도 있는데?"

"전화해봐."

누군가 미림에게 전화를 걸고, 그 모든 것을 굳은 얼굴로 지켜보고 서 있는 그녀를 향해 누군가 말했다.

"선생님도 저희랑 같이 가요."

"아니야. 너희들끼리 가. 난 치우기도 해야 하고. 피곤하기도 해."

"내일 치우면 되잖아요."

"너무 피곤해."

그녀는 자고 싶었다. 그저 잠이 필요했다. 모든 것을 다 놓아버리고 깊고도 긴 잠을 자고 싶었다.

그때였다. 출입문의 종이 울렸다. 미림이었다. 누군가 으악! 비명을 지르고 그 비명에 사람들의 시선이 일제히 출입문에 서 있는 미림에게 향했다. 미림의 손이, 미림의 옷이 온통 피범벅이었다. 피였다. 붉은 핏물이 사방 군데에 선연하게 얼룩져 있었다.

"무슨 일이야. 웬일이야? 이 피는 다 뭐야?"

온몸을 떨고 있는 미림에게 그녀는 악을 쓰듯 물었다.

"세상에, 이게 뭐야? 어디 다친 데 있나 봐. 있으면 병원에 데려가야지."

여자아이들은 미림의 모습에 놀라 한 발 뒤로 물러서고 남자들은 걱정스러운 표정으로 미림을 살폈다.

"무슨 일인지 말해봐. 말해야지 알지."

사람들의 채근에도 미림은 떨고만 있었다. 그녀는 미림보다 그가 걱정스러웠다. 저 피의 주인은 미림이 아니라 그일 것이다.

"그는 어딨어? 그는 어딨냐고?"

그녀가 날 선 소리로 물었지만 미림은 얼이 빠진 듯 대답도 하지 않았다.

그녀는 후다닥 그가 있던 골목으로 달려갔다. 여전히 어둠은 완강하게 사물을 가리고 있었다.

"나예요. 거기 있어요? 거기 있으면 소리 내봐요."

어둠 속에서 자신의 소리만 반향을 일으키며 되돌아올 뿐, 그의 기척은 없었다.

"어딨어요? 제발 대답해봐요."

어디에도 그는 없었다. 쿵쿵쿵쿵. 묵직한 통증이 느껴질 정도로 가슴이 뛰었다. 그일 것이다. 그가 다쳤을 것이다. 머리가 아파. 그의 소리가 머릿속을 떠돌았다. 코피는 아닐 것이다. 그 선홍빛 피. 물을 쏟은 듯 넓게 퍼져 있던 얼룩. 미림의 옷에 묻어 있던 피는 코피가 아니었다.

어떻게 왔는지도 모르게 이화점으로 돌아오자 미림은 아직도 떨고 있었다.

"애가 말을 안 해요. 어디 다친 데는 없는 것 같은데, 이

피가 무슨 피인지 모르겠어요."

누군가 안으로 들어서는 그녀를 향해 말했다.

"어떻게 된 거야?"

그녀가 쇳소리로 미림에게 따져 물었다. 하지만 미림은 딱딱 이를 부딪치며 떨기만 할 뿐 그녀의 물음에는 대답하지 않았다.

"어떻게 된 거냐고 묻잖아."

그녀가 벽력처럼 소리를 질렀다. 느닷없는 고함에 사람들은 일순 당황한 표정을 지으며 미림과 그녀를 번갈아 쳐다보았다. 하지만 역시 미림은 대답하지 않았다. 헐겁게 벌어진 입에서 숨만 거칠게 새나왔을 뿐. 그녀는 미림의 뺨을 힘껏 후려쳤다. 손바닥에 차진 미림의 볼이 느껴짐과 동시에 미림의 얼굴이 옆으로 돌아갔다. 사람들은 눈이 휘둥그레져서는 뒤로 물러섰다.

그제야 미림은 깊은 잠에서 깨어난 사람처럼 어느 한 지점을 응시하며 혼잣말로 중얼거렸다.

"모르겠어요. 나도 어떻게 된 일인지 모르겠어요. 정신을 차려보니 이렇게 돼 있었어요."

"그는 어떻게 됐어? 어디로 간 거야?"

"모르겠어요."

미림의 시선은 어느 한 지점을 향해 있었지만 맺힌 것은 없었다. 그저 모든 것을 투과해 멀리 날아갈 뿐이었다.

"다들 그만 가봐. 용수 네가 미림이 집에까지 바래다주고."

사진 동호회의 총무를 맡고 있는 용수가 미림의 팔을 붙잡아 일으켜 세우려 했지만 미림은 땅속 깊숙이 뿌리를 내린 나무처럼 꿈쩍도 하지 않았다.

"일어나봐. 집에 가야지."

용수가 미림의 팔을 흔들며 채근했다. 하지만 미림은 여전히 멍한 표정으로 자리에 앉아 있었다.

"뭐 하고 있어? 가라니까!"

그녀가 미림을 향해 소리를 쳤다. 그러고는 몰강스럽게 그들의 등을 떠밀며 내쫓았다. 그 단호함에 사람들이 주뼛주뼛 미림에게 다가와 그녀를 강제로 일으켜 세워서는 밖으로 끌어냈다.

가슴이 뛰었다. 쿵쿵쿵. 그녀는 어떻게도 그 가슴을 진정시킬 수 없었다. 그 피. 미림의 손과 옷에 범벅으로 묻어 있던 그 피, 붉디붉은 선혈들…… 도대체 어떻게 된 일일까? 그는 어디로 사라진 것일까. 그 선지 같은 피를 쏟으며 어디로 간 것일까.

그녀는 밭은 마음에 가만 앉아 있을 수도 없었다.

미림과 일행들이 나가고 난 뒤에도 그녀는 이화점의 불을 환히 켜두고 있었다. 그가 돌아올 수 있도록, 그의 발길을 인도하는 길라잡이처럼 실내의 등을 다 밝혀두고 있었다. 행여 그가 이화점으로 들어올 수 있음이었다. 그러면 그가 무사히 돌아올 수 있도록, 실족하지 않도록 이 불빛들은 그의 발밑을 비추는 생명의 빛이 될 것이다.

시간이 흐르고 있었다. 그녀는 무심히 흐르는 시간들이 야박했다. 이미 오래전에 식탁 위의 음식들은 더껑이가 져 겉의 수분이 꼬들꼬들 말라들어가고 있었고, 지분거리다만 음식들은 불온했다.

그녀는 핸드폰을 꺼내들고 숫자를 눌렀다. 그 숫자의 조합은 어두운 밤하늘을 날아가 깊은 침묵에 빠져 있을 누군가의 전화를 깨워놓았다. 뚜우, 뚜우. 받아, 제발. 거기 있으면 받으란 말이야. 그녀는 초조한 마음으로 주문을 걸었지만 아무도 나타나지 않았다.

전화기는 아무도 없는 그녀의 집에서 혼자 울리고 있을 것이다. 뚜우뚜우. 어둠을 흔들고, 정적을 깨트리고, 그렇게 집 안의 사물들을 깨우고 있을 터이다. 그곳에라도 갔으면 좋으련만 그녀의 기대는 빗나갔다.

그에게 부여된 전화번호는 없었다. 그는 고집스럽게, 끝내, 모바일 폰을 거부했다.

"너를 위해서가 아니라 나를 위해서야. 연락이 되지 않으면 답답하잖아."

언젠가 그녀가 그의 명의로 개통된 전화기를 내밀자 그는 발딱 고개를 쳐들고 그녀를 쳐다보았다.

"나한테 긴히 연락할 게 뭐가 있겠어?"

"사람 일이란 모르는 법이야. 그리고 소식이 없으면 걱정되잖아."

"뭐가 궁금한데? 무소식이 희소식이라 했으니까 소식이 없으면 잘 있는 거지, 뭐."

요즘 세상에 전화기 없이 다니는 사람이 오히려 이상한 사람이 아니냐는 그녀의 회유에도 그는 자신의 뜻을 굽히지 않았다.

"그거 귀찮아. 만약 갖는다 해도 하루도 안 돼 잃어버릴 거야. 나 같은 사람에게 휴대폰은 무슨."

그러고는 끝이었다. 그랬을 것이다. 설령 그가 받았더라도 얼마 가지 못해 그는 잃어버렸을 것이다. 그러고는 어디서 어떻게 지내는지 모르게 떠돌아다니다가 불쑥 얼굴을 내밀고는 포한이 들린 듯 그녀를 탐하고는 다시 떠나갈 터이다. 그 뿌리 없는 삶에, 너겁 같은 삶에 빛나는 내일을 위한 그럴싸한 계획 같은 것은 들어 있지 않았다. 그저 마음 내키는 대로, 발길 닿는 대로 떠돌아다니다 지치면 그녀에게 돌아와 잠시 깃들다 사라질 뿐.

어느새 창문에 희뿌옇게 박명이 엉겨붙고 있었다. 부지런한 사람들은 날이 채 밝기도 전에 어둠을 밟고 나와 가게를 열고, 가판대에 둘러쳐놓은 가림막을 걷어내고 있었다. 그들의 부지런한 손끝에서 하루는 그렇게 열리고, 또 하루는 그들의 삶에 알뜰하게 저장될 것이다.

그녀는 자리에서 일어났다. 한 번 더, 간밤의 그 골목을 찾아가볼 심산이었다.

이화점을 나서자 시장 안을 메우고 있던 새벽 공기가 그녀의 얼굴을 청량하게 감쌌다. 이른 새벽의 기척은 늘 생기가 넘쳐났지만 그녀는 개펄 속을 헤매는 기분이었다.

간밤의 골목이 푸른색으로 제 윤곽과 모습과 색을 찾아가고 있었다. 지난밤에 그와 정사를 나누던 곳은 아마 이쯤일 것이다.

그녀는 찬찬히 땅을 살펴보고 주변을 둘러보며 앞으로 나아갔다. 고르지 않은 바닥은 가끔 허방처럼 움푹 꺼지기도 했지만 사람들의 발길로 다져지고 다져져 땅은 단단했다.

어디에도, 그는 없었다. 핏자국도 찾을 수 없었다. 도대체 그 피는 무엇이며 그는 또 어디로 사라진 것일까. 알 수 없으므로 더 불안했고, 불안했으므로 더 걱정스러웠다.

언제 왔는지 미림이 그녀의 등 뒤에 서 있었다. 간밤의 피로 물든 옷은 아니었다.

"집에 있으랬잖아. 왜 왔어?"

그녀가 벌컥 소리를 질렀다.

"아무래도…… 경찰서에 가 신고해야겠어요."

미림이 우물거렸다.

"뭘? 뭐라고 할 건데?"

그녀가 날 선 시선으로 미림을 쏘아보며 물었다.

"모르겠어요. 저도 모르겠어요."

모르기는 그녀 역시 마찬가지였다.

"집에 가 있어. 공연한 짓 하지 말고."

하지만 미림은 머뭇거렸다.

"가 있으라잖아. 그에게 연락이 오면 나한테 바로 전화해."

쩡 하고, 그녀의 쇳소리가 새벽 공기를 긋고 미림에게 날아갔다. 미림은 마지못해 자리를 떴다. 축 처진 어깨로 굼뜨게 그 자리를 떴지만 그녀는 그런 모양도 마뜩지 않았다. 이글이글, 가슴속에서 분노가 피어올랐다. 당장에라도 달려가 미림의 머리채를 끄집어 땅바닥에 패대기치고 싶었다. 너 때문이야. 이 모든 게 너 때문이야. 내 인생이 이렇게 망가진 것도, 내가 이렇게 슬픈 것도, 다 너 때문이야. 땅바닥에 패대기쳐서는 지근지근 짓밟고 싶었다.

하긴 이 불행한 연애가 미림의 탓은 아니었다. 하지만 그녀는 누군가에게 안에 고인 분노를 쏟아내고 싶었고, 또 필요했다.

미림이 골목을 벗어난 뒤로도 한참 동안이나 그 자리에 있던 그녀는 천천히 이화점으로 돌아왔다.

아침 햇빛에 드러난 이화점은 그로테스크했다. 무언가 비밀한 의식을 집행한 장소처럼 괴기스럽기도 했고, 서름하기도 했다. 불현듯 그녀의 살갗에 오소소 소름이 돋았다. 이제까지 저를 보듬어주고 저를 안아주고 저를 위로해주는 것들이 한순간에 돌변해서는 저를 내치고, 저를 위험에 빠트리고 있는 것처럼 여겨졌다. 어쩌면 그간의 친밀한 느낌들은 저 혼자만의 착각이었는지도 모른다. 그것들은 늘상 그렇게 저를 물리치고, 저를 멸시하고, 저를 미워하고 있었는데도 제 마음이 그걸 모른 채 저를 보듬어주고 저를 위로해준다고 여겼는지도 모를 일이다. 하긴 세상에 어디 제 것이 있었던가. 아이들도 자라 제 품을 떠나고 남편 역시 더 어린 여자와 낑낑대며 저를 배신하지 않았던가. 그 역시 미림과 그렇고 그런 사이인 것이다.

그녀는 자리에서 일어났다. 그들이 자신을 미워하든, 그와 미림이 그렇고 그런 사이이든, 지금 당장은 무엇이든 해야 했다. 이렇게 앉아 막연히 그를 기다리고 있을 수만은 없었다. 바다든, 그의 집이든, 그를 찾아 나서야만 했다. 그가 죽음과도 같은 우울에서 자신을 구했듯 자신 또한 이 죽음의 그늘에서 그를 구해야만 했다. 그런데 어디로 가야 할까. 그는 지금 어디에 있을까. 부상당한 몸으로 어디를 헤매고 있을까.

하긴 상처 입고 피 흘리는 사람이 어디 그 하나뿐일까. 그녀 역시 내상이 깊고도 깊다. 다만 눈으로 드러나지 않을 뿐, 그녀 또한 자신이 지금 어디에 서 있는지도 모른다. 제대로 된 삶을 살고 있는지, 자신의 길을 가고 있는지 알 수 없다. 그런 터수에 그를 구하겠다니.

그녀는 앉지도 서지도, 그렇다고 이화점 밖으로 나가지도 못하고 서성거리고만 있었다. 나가야 했지만, 그를 찾으러 나가야 했지만, 어디로 가야 할지 알 수 없었다. 가야 하는데, 어디든 가야 하는데, 걸음이 떼어지지 않았다. 빠근하게 명치 부근에서 다시 통증이 일었다.

통증. 사랑은, 삶은 통증의 연속이었다.

그는 정말 어디로 사라졌을까.

또다시 베인 곳에서 피가 새어나오고 있다.